没有文学
的
文学理论

（增订版）

金惠敏 著

**LITERARY THEORY
WITHOUT LITERATURE**

四川大学出版社

图书在版编目（CIP）数据

没有文学的文学理论 / 金惠敏著. — 增订版. — 成都：四川大学出版社，2024.5
ISBN 978-7-5690-6898-6

Ⅰ．①没… Ⅱ．①金… Ⅲ．①文学理论－文集 Ⅳ．① I0-53

中国国家版本馆CIP数据核字（2024）第 097797 号

书　　名：没有文学的文学理论（增订版）
　　　　　Meiyou Wenxue de Wenxue Lilun (Zengding Ban)
著　　者：金惠敏

选题策划：陈　蓉
责任编辑：陈　蓉
责任校对：毛张琳
装帧设计：墨创文化
责任印制：王　炜

出版发行：四川大学出版社有限责任公司
　　　　　地址：成都市一环路南一段 24 号（610065）
　　　　　电话：(028) 85408311（发行部）、85400276（总编室）
　　　　　电子邮箱：scupress@vip.163.com
　　　　　网址：https://press.scu.edu.cn
印前制作：成都墨之创文化传播有限公司
印刷装订：四川华龙印务有限公司

成品尺寸：148mm×210mm
印　　张：7
字　　数：129 千字

版　　次：2021 年 1 月 第 1 版
　　　　　2024 年 6 月 第 2 版
印　　次：2024 年 6 月 第 1 次印刷
定　　价：48.00 元

本社图书如有印装质量问题，请联系发行部调换

版权所有 ◆ 侵权必究

目录
Contents

自 序 / 1

没有文学的文学理论：
一种"元文学"或者文论"帝国化"的前景 / 1

作为理论的文学与间在解释学：
走出唯美主义与审美民族主义的误区 / 9

一、文学作为理论的越界 / 11

二、唯美主义和对于唯美主义的认识误区 / 20

三、审美民族主义与间在解释学 / 34

结语 / 43

文学性与非文学性的辩证法

以巴赫金对什克洛夫斯基的批判为中心 / 47

一、什克洛夫斯基的"奇异化"及其真正的旨趣 / 49

二、巴赫金对"奇异化"的误解和歪曲 / 54

三、文学与社会／文化的积极循环 / 59

四、黑格尔与艾柯：两点补充 / 73

"文学性"理论与"政治性"挪用：

对韦勒克模式之中国接受的一个批判性考察 / 83

一、韦勒克模式与中国 80 年代文学界的思想启蒙 / 87

二、文学规律的内外之争与"小特殊性"和"大特殊性"之辩 / 96

结语 / 105

阐释的政治学：

从"没有文学的文学理论"谈起 / 109

消费时代的社会美学：

学科蓝图及其文化语境 / 127

一、"美学"反对"社会" / 129

二、"社会美学"与"艺术"无关 / 134

三、"社会"即"文化" / 139

四、在"社会美学"之前 / 145

五、"物符"化与"社会美学"的诞生 / 152

40年中国文艺理论发展历程之我见：
《40年文艺理论学科史》序言 / 161

什么是"没有文学的文学理论"
作为一个苏格拉底式的学术自辩（Apologia） / 173

一、为什么是"没有文学的文学理论"？ / 174

二、"没有文学的文学理论"的基本主张及其依据 / 179

三、一句话回答：什么是"没有文学的文学理论"？ / 191

后　记 / 193

增订版后记 / 197

自序
Preface

作品有自己的命运。理论有自己的命运。好像万事万物皆有其本己的命运。这命运具有不可操控性，因为命运意味着走出自身之所是和自身之既成，被时间推向不确定的未来。命是定数，运是运动、变数、变化。将"命"交给"运"，就是将"命"交给社会、社群、时代、时势、他者、他物等。当具有确定性之"命"（被）委身于不确定之"运"时，凡事便不一定按着我们预先之设想和规划而实现了。如果把"命"理解为我们自身之所有、既有，那么人类主体之身体、灵魂和理性机能（faculties）等则皆可归属于"命"了。"命"与"运"的博弈就是发生在主客体之间的对话，而关于对话，则诚如伽达默尔所言："越是一场真正的谈话，它就越是不怎么按着一方或另一方对谈者的意愿进行。[……]在一场谈话中没有谁能够事先就知道将会'出现'什么样的结果"①。对话与其说是一种确定性,毋宁说它是一种不确定性。

　　作为一种与历史过程即流动的现实的对话,笔者当初发表《没有文学的文学理论》②一文时,无论如何都不会料到今天有机会将此文和其他相关文章以此为题名汇集成册,"堂而皇之"地出版一本叫作《没有文学的文学理论》的精装书。我们知道,每一个时代都有自己的问题,因而也都有其自身的议题和话语。21世纪以来,在中国有两个现象日益突出,其本身当然需要阐释,但它们也业已成为据以观察其他一切现象的理论视角:一是市场经济快速而深入的发展及其所促成的丰裕社会首先在大都市地区繁荣兴盛,然后蔓延和渗透至政治实践和广义文化实践的所有方面,即兴式、碎片化、浅意义的短视频应该是其一个最新的表现;二是中国经济的急剧膨胀和全球化及其所导致的世界利益格局的变化与老牌霸权国家对此变化的不适和反应,例如最近十数年来中美之间所发生的摩擦、冲突及其难以把握的未来走势。而与之相呼应的,是国人基于实力自信所产生的文化自信亦日益增强,例如,一直以来的"崇洋媚外""洋人例外"不断被呼吁转向"一

---

① Hans-Georg Gadamer, *Gesammelte Werke*, Band I, Tübingen: J. C. B. Mohr (Paul Siebeck), 1986, S. 387. 本书凡外文文献引用,如未标明译者等信息,均系作者自译,恕不赘注。

② 金惠敏:《没有文学的文学理论》,载《文艺理论与批评》2004年第3期。

视同仁"和"国民待遇"。以上两种现象可分别简称为"市场化"和"全球化"。经济上的市场化在美学和文学方面的一个回声或遗响是"日常生活审美化"或"审美泛化"以及与之平行的"大文学"或"泛文学"概念的提出或复兴（如果以为传统上原本就存在这样的观念的话），而全球化带来的则是国人之逐渐摆脱鸦片战争以来深埋在其无意识深处的后殖民情结和心理创痛，从而于一个愈益翻转过来的语境之中重新审视自我与外部世界以及二者之间的关系。笼统言之，在学科或学术方向的形成上，市场化催生了文化研究，而与此同时，全球化则是改写了一切"比较"研究或"国际性"研究。

"没有文学的文学理论"是这两种现象或两种力量联合作用的结果。其中，"没有文学"意味着对俄国形式主义意义上的"文学性"或"唯美"主义的指认和拒斥，而"文学理论"则是说，尽管如此，我们仍需坚持"文学"和"文学的理论"。"没有文学的文学理论"不是不要文学和美学，而是提倡以文学的和审美的方式介入生活和现实，发展"社会批判美学"或"美学的社会批判"或"文学的社会批判"。此其一也。该命题或概念的第二层意思是对"美学民族主义"的显微和评判。与"唯美"主义大有瓜葛的是，文学界部分人士之坚守"文学性"和"审美特性"而孤芳自赏、自美其美，进入全球化语境，这一职业之偏私便堕入了对"民族文学"的自恋、固执和拘泥,以及对"世界文学"的恐惧、敌视和排斥,即"非我族类,其心必异"云云之所谓。而形诸话语层面,这就是反对"理论"的阐释,反对来自其他文化的美学阐释,笔者称之为"美学民族主义"。这提示,"唯美"主义以其对"唯一性"的极端追求而自然地走向"美学民族主义"。虽然不能说"唯美"主义等于"美学民族主义",但二者之间并无不可逾越的鸿沟。"美学民族主义"当然可以与"审美民族主义"互换使用,但需要明确,"美学"概念的外延要远大于"审美",因为"审美"主要表示对美的对象的欣赏过程,而"美学"则除了包含这层意思,还指那种支配审美活动和决定其特色的审美观念或审美意识形态,学科性知识在此就毋庸提及了。这就是在当代学界已开始流行"审美资本主义"之后,笔者仍不能放弃最初出现的那个似乎略显笨拙的"美学资本主义"的学术原因。"审美"只是"美学"的一部分研究内容,不具有指代整个美学(学科)的潜能,加之资本主义对现代世界的影响也是全方位的、全域的,因而我们需要一个更具总括性的概念。

  本人在理论上反对文学本质主义和美学本质主义,坚持"文学性"和"美"或"审美"不是一种康德"自在之物"式的存在,而是一种现象学以及解释学的出显过程,换一个角度说,是关系性的存在,是文学与非文学、审美与非审美之间的张力空间,一个矛盾因而具有动态性的空间，其间有不一致、不协调、争斗，以及协商与最终的整合和平衡。我们早该重新思考美的本质了，人们如今冷淡它、不理睬它，大概是在从前的讨论中为柏拉图理念论所伤甚深的缘故吧！从本质主义角度界定"美"，那"美"注定是"难"的。而转换至关系视域，"美"在本质上也没有多么难于理解。难于把握的是具体情境，而非总体上的理论解决。

这里可能需要在哲学上予以澄清，后现代倾向的理论家习惯将从前一切以"本质"相称的东西或者视为人为之建构，或者以复数、复合、杂交而论之，比如"民族""国家""身份""性别""主体""个体"等，然而他们未能进一步认识到，这些东西之所以经常被称为"本质"或被认为具有"本质"，乃在于它们是作为一种机体而出现、而发生作用的，因此可以断定，所谓"本质"不过是"功能"的幻觉罢了。这也就是说，过去我们误将"功能"称为"本质"。这种功能论的本质观将促使我们对于任何既成之物都要观其来路、进路和末路，看到其内部各元素之间的动态张力，进而看到其发展、变化和终结的可能性，这也将促使我们为了制导事物朝着有益于人的方向发展而引进、加入某种优选的元素，改变其结构，从而获得新的功能。纳米材料科学家教导我们：物质由原子构成，原子之尺寸以纳米计量；如果改变原子之排列方式，其性能便可能大相径庭、不近情理。举例说，由碳元素组成的同素异构体的金刚石和石墨,此两者虽均由碳元素构成,即质料相同,但前者为立方金刚石结构,后者为层状石墨结构,因而其性能堪谓天壤之别。科学家们相信,控制原子排列方式,人类可以制备出具有特殊性能的新材料,换言之,创造出自然界原本不曾存在的新的物质体系。至于材料科学家不太留意的文化之结构,又何尝不是如此呢?!有些人不假思索地提出,中华民族的复兴必然带来中华文化的复兴;他们忘记了中华民族复兴作为一项伟大的实践,一项国际性和全球性工程,是要汲取中外古今一切可资利用的文化资源的,而当这些来源各异的文化元素走进一个新的、陌生的文化星丛,它们必然地要改变其各自原有的性能,在一种新的结构中,协力成就一个共同的文化身份,而这种新身份是不能简单地称为"中华文化"及其"复兴"或复制的。文化结构由于新的元素之加入而总是处在变化、变异之中。文化基因论或模因论只是一种比喻性的说法,我们不能把文化"传统"理解为亘古如斯、一成不变。所谓"传统"意味着"统"在"传"中,而"传"不只是传"承",还是传"开",面向各种新的情境开放自身,并由此改变自身,发扬光大。

  撰写本书第一篇论文差不多是 20 年前的事了,而眼下竟然还能有激情来继续阐扬它、开掘它、拓展它,不是自己别无选题,或者意图怎么打一口"深井",而是因为:其一,朋友们的肯定,更关键的是他们的质疑和批评;其二是现实的发展也将原先的问题展露得更加清晰，亦即是说，问题不仅还顽固地存在着，而且以更加猛烈的形式逼迫我们。这些因素协同促成笔者对原有问题的进一步思考。被质疑、被批评在情感上有时可能不易接受，常人之常情也，但在学术上、理论上则绝对是有百益而无一害的大好事。人文学术是与研究对象的对话，也是与关于此对象的各种观念的对话。巴赫金以主客关系和主体间性关系来区分自然科学与人文科学，其所谓的主体间性应该既包括主体与从前被误以为客体的另一主体的关系，也包括作为研究者的各个主体之间的关系，而所有的关系都是对话。我们都了解美国学者斯坦利·费什的"阐释共同体"（interpretive communities）理论，其真实意谓既非"阐释极权主义"，亦非"阐释多元主义"，而是"阐释主体之间通过语言的切磋、交流和共享"，是包含了阐释歧异的"间在阐释"或"星丛阐释"。我们尽可以将"共同体"想象为一种精神的和话语的实体，但必须即刻指出，此实体乃通过"切磋""碰撞""交流"而成形，因而并不具有先验性和永恒性。简言之，"共同体"是差异性之交流和对话的"共同体"。

　　本书前四篇是对"没有文学的文学理论"的直接论述，它们依次是初论、辩论、综论和追论，显示了笔者关于此一论题的研究发展轨迹。第四篇称之为"追论"，其意是说，它以一个案例来增强之前"三论"的说服力。该篇将韦勒克关于文学和文学研究内外二分模式移植于中国20世纪80年代"翻译"和接受的沃土,反讽性地展示"唯内部"论者一方面在主张文学"向内转",看似意欲退出外部现实,而另一方面却是以此"内转"实现外向地对现实的发力,其"内转"即是"外突"。那时"美学"成为最为政治化的话语,成为争取"人的解放"的最深刻的哲学依据。第五篇"社会美学"是为"没有文学"提供一个现象性(消费社会或符号社会)和理论性(审美泛化)的背景或基础,或者也可以简单说,"没有文学"一语指的就是"社会美学"。与第四篇"专题"性研究不同,第六篇是给出全书论题之发生和发展的宏观理论史语境。俗之谓"读史可以明鉴",本书把"没有文学的文学理论"置于改革开放以来的文论史中,提供一种动态的历史的视角,帮助读者看清楚"没有文学的文学理论"这一命题究竟是怎样从历史的潮流中浮现出来,以及在其中所处的位置、所发挥的作用。[①]

这些写于不同时段的论文,因着不同的契机,为着不同的目的,其实并不算零散、孤立,它们是对同一问题的持续研究,具有内在的连接和统一性。体系性好坏不论,但一个事实是,我们常常不是有计划地去构造一个体系,而是有一种摆脱不掉的体系性作为一股神秘的力量在左右着我们,使得我们在做任何课题时都在复制这种力量。"命"矣夫。"命"矣乎?

[①] 以上是按照本书第一版篇章目次进行介绍的,本版对原目次做了调整,并新增了两篇。相关说明见本书"增订版后记"。

就其原初语境而言,"没有文学的文学理论"命题是市场化及其所催生的泛审美化与全球化及其所开辟的世界主义视野的一个理论回响;但是,时代在不断地前进,社会在不断地发展,这一命题因而也将被不断地激发出新的关联、价值和生命力。例如,人工智能艺术的出现和近些年的迅猛发展对传统的文学和艺术概念的挑战和颠覆,就是值得"没有文学的文学理论"纳入研究视野的新例。自从2016年谷歌公司所开发的人工智能系统"AlphaGo"击败韩国围棋手李世石,次年又有异构神机击败世界冠军柯洁以后,人工智能转进文艺创作领域,它可以绘画,可以作曲和演奏,还可以写诗,直令举世震惊,艺术家尤感恐慌。人工智能艺术当然并不意味着传统艺术和艺术家的死亡,但是它强烈地提醒我们,艺术创作将不再只是灵感、天才的专属领域,而是可能包含了90%以上的理性、技艺,而且对于艺术消费者来说,那剩余的10%的内容,即从前所膜拜的"灵韵"(本雅明)、"神思"(刘勰),所珍视的真情实感、历史厚重等,也不再是作为艺术本质的必需品了。大众需要艺术,但并不一定需要艺术家。当艺术成为一种人工智能、一种算法,并能够为公众所接受和欣赏时,艺术理论将面临着没有从前"艺术"一语所指谓的艺术品,而这难道不就是"没有文学的文学理论"所描述的同类场景吗?!本书未能及时跟进这一最近技术趋势与"没有文学的文学理论"之间的内在关联,殊为遗憾,但这只能俟来日予以弥补了。

就像"没有文学的文学理论"这篇论文有它的命运一样，同名出版的这本书也将有它自身的命运。若能继续流传，获得更多的读者，在更大的范围为人所知、所用、所丰富、所推进，固然不负作者之劳作，诚所望焉，然则若是为人所漠视、冷落、弃置，那也就让其速朽好了，因为这证明，作者所提出的问题和解决问题的思路都已成为历史的陈迹，历史已经解决或取消了当年困扰我们的问题。把问题解决掉，哪怕是解除掉，这不正是我们做学术的初心所愿吗？！不过，问题是不会自行解除的，我们看到的是其自行解除，我们看不到的是有人替我们解除了问题。一个美好的人文世界需要我们大家积极努力地建构。

感谢四川大学出版社邱小平总编辑、欧风偃主任和陈蓉编辑的厚爱，他们欣然接受这个充满学术争议的选题并以如此典雅大气的装帧呈示给读者！也要感谢在出版过程中，曹顺庆先生兄长般的关怀和扶持！感谢李怡教授、傅其林教授提供各项科研支持！感谢成都冬暖夏凉的"巴适"气候！期待在四川大学这一得天独厚的自然和人文新环境里做出更大的学术贡献。

金惠敏

2020 年 8 月 7 日初稿于成都四川大学望江青教公寓

2020 年 12 月 8 日修订于北京昆玉河畔

没有文学的文学理论
一种"元文学"或者文论"帝国化"的前景

阅读提示 文学理论其实不必单以作家诗人为服务对象,它也可以作为理论形态的"文学"即"元"文学与文学作品一道向社会发言。这不是僭越,而是其"职"责,是文学理论作为美学、作为哲学的社会职责。文学是文学的,是其自身,但文学也是社会的、非文学的,在社会共同体之星罗棋布中有其位置和职分。

文学理论乃"文学"之"理论",非"他学"之理论,从来而且应当:它从"文学"的幽深处款步走出,渐成一自立于"文学"的"理论"体系;但是,它在起源上归属文学一脉,最终仍须回到或者面对文学,为文学所用,所检验,所充盈和更新。如此,"理论"与"文学"便构成一良性的内循环系统,相互滋养,生生不绝。这似乎是极公允的大道理,听起来无险无奇的,谁也不会对它心生疑窦。

而倘使一种文学理论告贷于文学之外,身份原就可疑,更兼不能给文学"创作"以切实的指点,那下场可就是尴尬,以至于凄惨了:要么落得一身轻贱,要么径被扫出文学殿堂。如所周知,作家和诗人对文学批评即实践的文学理论向无好感,轻则指其无关痛痒、可有可无,重则目之为一道紧箍咒,必欲捣毁之而后快,而后思飞兴逸。可怜的"为诗一辩"的通常做法是,举以相反的例证,说理论是如何提高了诗人认识生活和把握生活的能力,而诗人却并不屑于做政治家、哲学家和历史学家,他们只想"作"诗(人)。

对于创作与理论的这一由来已久的争讼,要在"文学"法庭之内辩出个子丑寅卯来,噫吁戏,真有登天之难!支持的证据与反驳的证据一样多,而且分析地说,人类的一切创造活动都有着感性和理性、意识和无意识、认识和实践的交织、互渗和互动。用过去的行话讲,这叫形象思维,既是形象,又是逻辑,逻辑寓于形象。排除任何一方都不可能。

不过,对于"文学理论"或毁之或誉之,或去之或留之,一个不言而喻的前提总是落在它与"文学"的关系、它对"文学"的功能,有无,以及怎样上。

评骘一种文学理论,其优其劣,其必要性,其合法性,诚然,一个重要的尺度是看它与文学是否相干，进而有无积极的、促进的功能。但是，我想郑重提醒，这只是对"文学理论"的一种界定、一种理解，即要求"文学理论"发挥"文学"之"分"内的功能。此外——这"此外"或将演变成"主要"，"文学理论"也完全可以越出其"分"而外向地发挥其功能：渊源于文学，却指向文学之外，之外的学科，之外的社会。这绝非什么非"分"之想。沉浸浓郁、含英咀华，对文学作品的阅读和品味会形成一种审美"惯习"（habitus），一种知觉结构，一种文学意识，最后至一种理论形态。它来自文学，但已然显出为一个独立于文学的思想文本，就像文学源于现实而又不等于现实，它能够不依赖于现实、不依赖于文学作品而成一完整之生命体。正如文学作品可以反作用于社会一样，文学理论也可以不经介入创作而直接地作用于社会。它虽然与现实隔着创作一层，但也间接地反映着现实，它本身堪称一精神现实。这里就不提文论家作为社会人对其理论与社会之连接的根本保证了，也不去说文论家在人性上的天赋美感，它不假外求而自有。文学理论一旦作为独立的、自组织的和有生命的文本，它就有权力向它之外的现实讲话，并与之对话。文学理论不必单以作家诗人为服务对象，也可以作为理论形态的"文学"与文学作品一道向社会发言。这不是僭越，而是其"职"责，是文学理论作为美学、作为哲学的社会职责。

在西方哲学史上，由于文学和艺术的浸润而萌生的审美立场或美学经常被作为社会批判的哲学。例如，在席勒那里，在早期马克思那里，在本雅明那里，其得之于文学艺术的美学成为对抗资本主义体制及其异化现象的最隐秘的和最后的一道防线。20世纪60年代以来，法国后结构主义者启发于语言（索绪尔）尤其是文学语言的"言不尽意"论被广泛地应用于后现代主义的诸种取向，如哲学的、政治的、宗教的、社会的，如学生运动、妇女解放、少数话语、后殖民，等等。后现代主义文学，或汲取过后现代主义思想，而同时后现代主义的"文学理论"也直接启发了当代各种社会政治运动，并席卷诸多的人文社会科学。后现代主义文论的效果并不因这部分疏离于文学而在价值上有所折扣。它可以作用于文学之内，也可以于其外，那是更加阔大的活动舞台。或许它通过改变文学所赖以存在的思想语境和社会语境而迂回地作用于文学。

当前，文学理论的扩张或其"帝国化"已呈赫然大势：在英美语境中，顺应此"帝国化"大潮，"文学理论"卸除了"文学"，而径以"理论"自居——它内涵了"文学"，但又远远超越了"文学"。1972年，著名批评史家大卫·洛奇（David Lodge）在为《20世纪文学批评读本》作序时指出："在我们的时代，批评不仅是理解和赏析文学文本的辅助工具库，而且也是一个急剧增长的、有自身存在理由的知识体。"[1]1987年，在编定《现代批评与理论读本》时，他认为，他先前的这一断语"已经在最近15年中为理论的爆炸所特别地证实"[2]。这里需要澄清和确认的是，文学理论的帝国化过程，不是文学为其他学科所淹没、所吞食、所充塞、所殖民，因而出现如庸常所忧虑的"失语症""空虚化""去势"和"文学终结"等；恰恰相反，文学是帝国化运动的发动者、推动者，它远征其他学科，重整其他学科，成为如"哲学王"一类的"文学王"。

文学理论或美学之所以能够远离其起源处而做外向运动，甚至不再返回，是因为按照海德格尔的说法，它像"存在"（Sein）一样意味着被发送出去，那被发送之物就是形而上学之玄远或渐远的本体，即被发送就是被发送之物的本体化过程。从德里达的《文字学》、利奥塔的《话语，形象》以及克里斯蒂娃的《诗性语言的革命》等后结构主义杰作里，我们隐约看见了文学或诗及其理论之被发送的过程，因而及其作为元科学、作为一种哲学的

---

[1] David Lodge, "Forward" to *Modern Criticism and Theory, A Reader*, London & New York: Longman, 1988, p. xi.
[2] Ibid.

趋于现实的可能性。鉴于此,"文学"与"理论"那旷日持久的对峙,其意义则仅限于狭小的文学疆域,即"理论"是否有益于"文学",而一旦"文论"证明其自身可不再囿于文学之内而侵越性地向其他领域施展效能,那么这对峙便涣然冰释。

文学理论在中国古典传统中主要表现为诗论。那由"采菊东篱下,悠然见南山"而悟出的不落言筌或形诸文字的"真意",一方面是于"诗"有益的审美立场,另一方面又何尝不是于"事"有补的人生态度?!审美-人生既是美学的梦想,也是人生的境界。虽然我们无法在本源上推定孔子"吾与点也"的"浴乎沂,风乎舞雩,咏而归"是否得之于其学诗删诗的诗学心得,庄子的放达洒脱与其诗学修炼有无内在关联,然而,从本质上看与其哲学人生观同质同构的唯有诗、文学和其他一切艺术活动。中国哲学的冲动是诗,是诗的意识和诗的理论。或者简直可以说,中国的哲学就是诗,反过来,诗发挥着哲学的功用。儒道之分不在超越、不在诗性,而在向何处超越,在整体人类能否与天地沟通。后结构主义者的目的就是回到诗性的中国哲学,用多义的"符号"动摇单义的"象征",用混沌的"高若"(chora)消融井然的"秩序"(order),用诗取代哲学。柏拉图曾以哲学排挤诗,原因在于他未能看到诗与哲学的同质同构;是亚里士多德复现了诗的哲学性,即对个别的普遍性,对现象的超越性——这至少在一点上与后结构主义者相通，即诗也可以是本源性的。

在现代中国，蔡元培提出过"以美育代宗教"的设想。其所谓"美育"就是"以美相育"，把"美"的观念及其出演，也即各种艺术品，当作传习的功课。但推行美育的目的则不在美学之内，而是为了审美化那有违审美特性（如普遍性）的人生和社会，所谓"纯粹之美育，所以陶养吾人之感情，使有高尚纯洁之习惯，而使人我之见、利己损人之思念，以渐消沮者也"[1]。"美育"，在此我愿意更具体地说，在我们这个诗的国度里主要就是对诗和诗论的传习。"小子何莫学夫诗？"学诗不是为了能诗，而是"兴观群怨""事父事君""多识鸟兽草木之名"：盖其中唯"兴"多少还带点陶冶审美情性之意谓，其他则尽是审美之外的事趣了。诗的意识和理论可以代替宗教的职能，而哲学尤其是人生哲学常常也是一种信仰，与宗教无异，因此诗论、宗教、哲学原本一家。诗论行宗教、哲学之用合情合理。朱光潜、宗白华，那所有具有诗性情愫的文人，都在用诗的意象幻构着他们的社会蓝图。对于他们，诗论或美无疑是柏拉图的理式，是绝对之善，是"元诗""元文学"。

将诗论诗学或文学理论从文学中疏离出来，赋予其哲学的品

---

[1] 蔡元培：《蔡元培美学文选》，北京：北京大学出版社，1993年，第70页。

格,绝对是文学理论的大解放。没有文学的文学理论就是推促它驶出小桥流水、向生活的大海破浪远航。美学的繁荣从来不是或仅仅是应文艺技术革新之急需,站在中外美学塔尖上的人物往往不是那些职业的、其志趣只在文艺之内的美学家。自20世纪90年代以来,美学在文化研究中的复兴再次昭示了非美学的美学的前途。向外的美学和文学理论有往昔的峥嵘,也一样有未来的夺目光彩。

不过如同哲学一样,文学理论的功能却又是有界限的,它不能与世俗权力相结合。将诗的豪情与乌托邦付诸政治行为,必然是人类社会的灾难。对此我们从当年激越于"文化大革命"的浪漫主义政治学那里受教良多。文学理论在社会中的最佳位置就是边缘,在边缘与社会主流价值构成紧张关系,在此紧张关系上说话。所谓"哲学王""文学王",其疆域只在现实的天边外。

现代主义的工具理性正长驱直入我们的生活世界,因而作为其紧张的审美理性亦任重而道远。文学理论的当代使命,文学理论的存在价值,文学理论的前途命运,当系乎能否找出现代性的"软肋",在一种紧张关系中击鼓而鸣之。这听起来玄玄乎乎,而细思量,却是实实在在的。

(此文原载《文艺理论与批评》2004年第3期,收入本书时略有修订)

作为理论的文学与间在解释学
走出唯美主义与审美民族主义的误区

阅读提示

"没有文学的文学理论"这一概念或命题提出于2004年,之后经过不断地讨论和争论成长为21世纪文论的一个重要命题,其意并非像字面意那么绕口,简单说来,就是反对文学研究界根深叶茂的现代性的"文学性"理论,即一种唯美主义的美学,旨在发展一种文学的"社会批判美学"。因而围绕这一理论的争论,主要是在一个审美泛化的社会里要不要坚守以及如何看待"文学性"的问题。进入21世纪的第二个十年,随着全球化的日益展开和中国相应的文化自信的强化和提升,这一命题进入中西关系解释学的讨论范围,于是它又焕发出新的理论潜能:它反对与"文学性"相对应的将民族文学他者化、本质化的做法,而提倡一种既"各美其美",又"美美与共"的交往诗学或间在解释学。

文艺理论是否在世界和世界史的范围通过不断更新其观念引导文学研究，并直接或通过文学评论而间接作用于文学创作以及社会审美意识的形成，我们不去论它，然在中国自1978年改革开放以来的四十余年间，文艺理论学科确乎在整个审美场域中一直扮演着堪称"第一小提琴手"的定音和带领作用。一个人可以不相信它，疏远它，拒绝它，谴责其误导，但其据以批评它的依据又总是一番理论。英国马克思主义理论家伊格尔顿指出，那不过是未经意识的旧理论而已。[①]

"没有文学的文学理论"这一概念或命题提出于2004年[②]，经过接近20年的讨论、争论和批评[③]，应该看到，它已经成长为

[①] 伊格尔顿原话是："经济学家J. M. 凯恩斯曾经这样说过：那些厌恶理论的经济学家，或宣称没有理论可以过得更好的经济学家，不过是受一种较为陈旧的理论所支配罢了。这对于研究文学的人和批评家来说，也是如此。"（特里·伊格尔顿：《文学理论导论》，北京：文化艺术出版社，1987年，"作者序"，第1页）

[②] 金惠敏：《没有文学的文学理论》，载《文艺理论与批评》2004年第3期。其后，在另一篇文章中，笔者兼有进一步的涉论（金惠敏：《阐释的政治学：从"没有文学的文学理论"说起》，载《学术研究》2019年第1期，第16-20页）。

[③] 例如，肖明华：《"没有文学的文学理论"也是文学理论？》，载《文艺报》2016年7月15日第2版；赖大仁：《当代中国文学研究的观念与方法问题》，载《文学评论》2020年第5期。

21世纪文论的代表性言说之一，而且至今仍在被不断地赋予新的语境意义，前景不可限量。现在称其"声名狼藉"或者"声名显赫"，都是不无正确的描述。但与其他备受争议或追捧的命题不同，"没有文学的文学理论"的情况略显特殊，它被批判得多，而反批判或辩解则很少，几乎看不到命题的提出者和论证者有什么正式的回应。为着不致使这一有意味的命题继续被误解和歪曲，即出于正本清源的考虑，且奢望予之以其理论潜在空间的再拓展，笔者不揣谫陋，不惮于冒天下之大不韪，爰作此文，期待方家同行有以教我，共同进步。

一、文学作为理论的越界

一直以来，我们习惯将文艺理论定位在文学研究、文学批评上，以至于专业内有不少学者认为，文艺理论必须为文学研究、文学创作服务；而反过来，文学研究、文学创作也为理论研究提供审美经验和知识的助力，形成一个可持续、可发展的文学生态环圈。这一点似乎天经地义，除却少数情感有余、理性不足的文学鉴赏者和爱好者声称其可以不带理论地图而照做文学逍遥游之外，那些摹写生活且期待对生活还能有所识见的作家诗人，以及那些不满足于现象描述而渴望找出其背后规律的文学研究者和批评家，都是真诚地认为理论对他们的工作是有帮助的。关于文学理论、文学批评和文学创作或作品三者之间的关系，美国学者乔纳森·卡勒指认了一个中西皆然的学科事实："英美批评家常常认定文学理论是仆人的仆人：其目的在于辅佐批评家，而批评家的使命则是通过阐释其经典，来为文学服务。"于是乎，要"检验批评写作"的好坏，就是检验"它是否成功地提升了我们对文学作品的欣赏水平"，而"检验理论研讨"的优劣，则是要考察"它是否成功地提供了一些工具，以有助于批评家推出更好的阐释"。卡勒尤其强调说："这种观点十分流行。"其意是，偏离它便是大逆不道，人神共愤。卡勒举例称，即使像韦恩·布思这样功勋卓著的文学理论研究大家，也不得不为自己的所作所为即理论著述"道歉"（apologize）一二。布思有些悲壮地辩称，其之所以投身于理论，且愈陷愈深、不可自拔，实在别无他图，而只是为着一个崇高的目标，即"面向当今的文学和文学批评"。这低限度地说就是，其高头讲章之作实际上是通过向批评和文学提供服务而获得其存在的理由和价值的，如若不然，布思反问，有谁能够牺牲自己，像他这样去撰著那种可能最终被证明是大而无当的"玄之又玄的批评"

（meta-meta-criticism）呢？！[1]的确，在历来崇尚实用主义的盎格鲁-撒克逊文化语境下，这是一个根深蒂固的信念：理论的价值在于它能够被使用，即便不能立竿见影地使用，也必须是有朝一日可用。此处布思并无矫情。中国学界蒋寅先生也曾提出过"对文学理论的技术要求"，在他的想象中，所谓"文学理论"在很大程度上应该是"一种工具性的知识，为文学研究提供阐释文学的学理依据、批评技术及相应的专业话语"[2]。蒋寅先生在此所意谓的也就是前文卡勒所要求于文学理论的"仆人的仆人"（the servant to a servant）的身份或职位，即是说，理论的职分是为批评服务，不过批评也算不得主人，只有文学或文学作品才是主人，才能作为文学批评或研究的终极目的。

这一流行观点，宽松说来，诚无多大之舛谬，文艺理论确实应该是人类全部文学经验和审美经验的总结，应该为指导、理解和研究文学审美活动提供帮助。若顺着卡勒前面的比喻讲，便是：文艺理论要甘做、做好审美王国里的"公仆"。

---

[1] 乔纳森·卡勒：《论解构》，陆扬译，北京：中国社会科学出版社，2011年，"序"第1-2页。引译根据原著（Jonathan Culler, *On Deconstruction: Theory and Criticism after Structuralism*, Ithaca & New York: Cornell University, 1986 [1982], pp. 5-6）略有改动。

[2] 蒋寅：《对文学理论的技术要求》，载《中华读书报》2010年10月13日第13版。

但是，这样的观点存在两大不足：其一，称文学作品是主人，是仅仅就文学内部而言的；而如果有人接着追问，文学作品是为谁服务的，文学作品的主人又是何人何物，那我们真的倒不如一开始就宣布，整个文学，包括创作、批评和理论都是为人民服务、为社会服务的，因此在最终的意义上说，唯有读者才是主人，唯有人民才是主人。其二，这种观点更根本的缺陷还是，它误以为文艺理论之为人民服务、为社会服务，必须经过文学创作或作品这个中介，也就是说，将文艺理论拘禁在文学的（文本）世界之内。而实际上，文学作品作为审美经验的高浓度体现，是可以**理论化**为一般命题，从而**直接作用于社会文化现象**，即以美学精神为指导进行社会文化批评的。文艺理论研究的对象也可以不是文学作品，而是具有审美特性的人类的种种活动及其成果。将文艺理论从文学研究、文学批评中解放出来，我们深信，将极大地促进文艺理论社会功能的发挥和实现。

这里举几个堪称"熟视"实则"无睹"（或说"视"而不"见"）的例子。先说麦克卢汉。许多人都知道他是媒介理论大师，然而少有人了解其代表性概念如"媒介即信息""全球村"（global village，过去多译为"地球村"）均来自他作为一位文学专业研究者的心得和灵感，是其感性和美学在媒介研究领域的延伸。用他本人的一个说法，其媒介研究乃是"应用乔伊斯"（applied

Joyce）[1]。他认为，乔伊斯毕生都在研究感觉。因此，其他人既可以利用"媒介麦克卢汉"返回来研究文学如何被媒介形塑、改变，同样也可以从"美学麦克卢汉"处做离心运动，往媒介领域开拓，例如去研究媒介的美学后果。文学是麦克卢汉的基地，但不能成为他的监牢！

齐美尔也是一位重量级的美学家，写过许多艺术评论，但不限于此，他将其美学的触角伸向现代生活的光怪陆离，进行美学的社会学研究，甚至美学的政治学研究，得出一些引人深思的论点。例如在其《社会学美学》一文中，他发现作为美学之原初动机的对称与一切专制社会形态的隐秘链接。比如他认为埃及的金字塔完全可以当作东方大暴君所建立的政治结构的象征，而崇尚自由和独立的现代人则根本不去考虑对称与和谐，个人主义深入其骨髓，他们坚信，个人不仅是整体的一分子，而且其本身就是一个整体，因而个人也没有必要去适应社会的对称结构。作为现代生活哲学一个有趣的例子，他指出，从前人们把鲜花束在一起，而现在则是以支为单位，因为个人主义的审美执念是：每一朵鲜花都是独立的，都有其自身的审美个性，我们不能强行将其组成一个对称的统一体。

再如，提出了许多重大美学命题的马克思也并非只是一个"唯

---

[1] See Eric McLuhan, "Joyce and McLuhan", *The Antigonish Review*, 106 (1996): 157-165.

美"主义者，并非仅仅以是否有助于审美鉴赏和研究展开自己的理论思考，而是更本质地着意于引导人们去正确认识社会历史发展的规律，例如其"现实主义"理论就既在美学疆域之内，亦逾越其外，是典型的美学政治学。对现实主义文艺的倡导不是一个美学趣味的问题，即不能因此说马克思主义多么偏爱现实主义这样一种风格，而是说这种风格与马克思主义者的革命事业具有较为直接但并非必然的关联。研究现实主义文学的真正目的不是培养唯美的现实主义趣味，而是构建一种对于当代现实的新的感知体系。马克思主义文学理论可以是文学的理论，更应当是一种旨归不在文学的文学理论。马克思主义文学理论意在凝聚一种审美的力量，但这种力量毕竟有限，因而必须转换为能够现实地改造世界的力量即物质力量。以美学的方式而介入现实的改造是自卢卡奇以来西方马克思主义的共同特征。

以上区区数例已足以表明，文学作品本身便是一种理论，而作为学科的文学理论只不过是将混杂在文学作品中的原生态理论提纯、升华、科学化或学科化，使之成为一种便于学习和使用的知识。文学作品之作为理论并无什么难以理解之处：其一，它是人类把握世界的一种特殊方式，我们通常称之为"审美的方式"；其二，文学作品所演绎和呈现的审美世界也常常被作为人类社会、人类生活的一种理想和尺度，具有某种乌托邦的色彩和现实批判的张力。在当代西方学术界，卡勒发现，所谓的"理论"已不再是关于某一对象的理论，而是可以关于、被应用于一切领域的理论："理论是跨学科的，是一种具有超出某一原始学科的作用的话语。"[①]如果考虑到当代理论尽管都有对"哲学"即传统形而上学的叛逆，但它们仍然是那一"哲学"的子孙，仍然保持着目"空"一切、阐释一切的远大志向，那么卡勒在此对"理论"的描述便没有多少新意。哲学本来就是跨学科的、跨问题域的，甚至可以说，哲学根本就不具备学科的性质，是"非学科"，因而才会涉足和驻足于任何学科，而"理论"作为这样的"哲学"的"哲嗣"，当然也应该是跨学科的、跨问题域的，是"非学科"和"超学科"。由此而言，作为"理论"和作为"哲学"的文学理论不局限于作为关于、应用于"文学作品"的理论，难道不是于史有据、合情合理的吗？！文学理论一旦从文学作品中被发掘或发明出来，被作为一种哲学或理论，那么它就不会满足于自给自足，作内部之产销循环，也不能阻挡其他学科的借鉴和挪用。

与中国学界的情况高度相似，卡勒颇具喜感地提到人们的抱怨："非文学的讨论太多了，关于综合性问题的争辩太多了（而这些问题与文学几乎没有任何关系），还要读太多很难懂的心理

[①] 乔纳森·卡勒：《文学理论入门》，李平译，南京：译林出版社，2008年，第16页。

分析、政治和哲学方面的书籍。理论简直就是一大堆名字（而且大多是些外国名字），比如雅克·德里达、米歇尔·福柯、露丝·依利格瑞、雅克·拉康、朱迪思·巴特勒、路易·阿尔都塞、加亚特里·斯皮瓦克。"[1]这也就是说，文学研究的领域已经为"外敌"所侵占、所殖民，这些敌人是"非文学"的"理论"，是外国人的"理论"，其结果是作为"原住民"的文学和文学研究在整体上的"种族灭绝"。然而在卡勒的眼中，这根本就不成为一个问题。卡勒不是残酷、冷血的，在我们看来，他清醒、理智和宽厚，因而他能够清晰地看到在例如文化研究与文学研究之间的不是相互敌对而是相互支持、彼此得益的学术新图景："文化研究就是把文学分析的技巧运用到其他文化材料中才得以发展的。它把文化的典型产物作为'文本'解读，而不是仅仅把它们作为需要清点的物件。反过来说，如果把文学作为某种文化实践加以研究，把文学作品与其他论述联系起来，文学研究也会有所收获。"[2]

在此，与大多数人所看到的文学为"理论"所清洗和替代的情况恰好相反，我们愿意提请注意卡勒不会反对但未予特别展示和强调的文学对哲学的渗透和改造。19世纪末叶以还的西方哲学能够完

---

[1] 乔纳森·卡勒：《文学理论入门》，李平译，南京：译林出版社，2008年，第1—2页。
[2] 同上，第50页。

成从古典向现代和后现代的转折与发展，在很大程度上应是得益于文学以及艺术的助益，这不单是说哲学家们都有谈论文艺和美学的雅好，而是在更基础的意义上，他们的哲学是被文学化了的哲学，是被诗化了的哲学。试想一下尼采的哲学与古希腊悲剧的关系，海德格尔的"存在"与荷尔德林诗歌的关系，本雅明与大众文艺的关系，阿多诺与音乐艺术的关系，德里达与卢梭《忏悔录》的关系，波德里亚与沃霍尔艺术的关系，等等，这些哲学家无不将文学和艺术作为其"理论"的基调，甚或可以说，他们的"理论"就是文学的"理论"，由"文学"规定了其本质的"理论"。例如，当我们知悉尼采通过对古希腊悲剧的重新阐释和估价而将审美作为悲惨人生的救赎、作为世界的意义之源，并且在他的哲学体系中将真和善彻底清除出去而独独留下美予以膜拜时，究竟应该怎样去界定他的哲学？当然是"悲剧哲学"了，如果有人觉得"悲剧"有些局限，那么稍稍扩大一下，称其为"文学哲学"或"文学理论"，恐怕亦无不妥。这里有尼采原话可以佐证，为避烦琐，仅引三处。其一："在一位哲学家那里，要是他说善与美是同一个东西，那是一种卑劣行径：如果他再补上句'还有真'，那人们就该揍他了。真理是丑的：**我们拥有艺术**，是为了我们不因真理而招致毁灭。"①其二："艺

---

① 尼采：《权力意志》，孙周兴译，上海：上海人民出版社，2019年，第535页。

术比真理**更有价值**。"①其三:"唯有作为审美现象,此在与世界才显得是合理的。"②不言而喻,是悲剧或曰美的文学奠基了尼采哲学。

作为文艺理论专业工作者,我们乐观文学作品及其作为理论对其他学科乃至对哲学的贡献,也期待它们能够为建设一个更加美好的社会以及提升人们的生活品质发挥积极作用。我们不希望死守学科边界,死守孤绝的"文学性"和审美特性,将自己封闭在象牙塔内,与世隔绝、离群索居,还自以为雅致、唯美。我们自信,"没有文学的文学理论"这一"非文学性"的呼吁,将为文学和文学研究开辟出更大的"理论"疆域和社会空间。

二、唯美主义和对于唯美主义的认识误区

反对"没有文学的文学理论"的人多半是信仰文学"自主性"(autonomy)的唯美主义者,而唯美主义有两种:一是消极遁世,刻意与现实保持不受污染的距离;一是积极有为,以艺术为理想而针砭时弊、纠风正俗。但即使前者,也可能于客观上发挥着艺术之

---

① 尼采:《权力意志》,孙周兴译,上海:上海人民出版社,2019年,第541页。
② 尼采:《悲剧的诞生》,孙周兴译,上海:上海人民出版社,2019年,第204页。

"干预"现实的功能：有那么一种东西，虽寂静无言，但只要它在，执拗地在，就等于向世界"宣示"了一种不同的存在，即宣示了一种与主流世界（价值）不同的视角和评价。这是说，**存在即关系，关系即发声**。艺术无法逃离世界，因为即使逃离也是一种返回，一种指向其所逃离的世界的立场和态度。"超凡脱俗"的艺术总是意味着对凡俗世界的否定和批评。因此，根本就不存在"唯"什么"美"的主义，即使再绝对的唯美主义，深入揭露，最终也是介入性的，以"唯美"的方式介入"不唯美"的社会。因此，貌似在研究美学、标榜"美"的人其实并非真正了解什么是"唯美主义"，他们也可能只是迂阔世事、迂腐罢了！

"没有文学的文学理论"不是不要文学，不是绝对地排斥唯美主义，不是不要文学去满足人们的审美需求，而是主张除此而外文学还应以文学性的和审美的方式介入生活的喜怒哀乐以及社会的变革和革命，可以是重建审美感知系统，培养对任何社会不公的敏感性，也可以是直接的生活、社会和政治的干预。后一类的文学有可能会流于宣传文学，但也有可能是具有独立识见和批判精神的文学，二者的区别唯在于"宣传"是复制一种既存的意识形态，而"识见文学"则是开辟一条不同于既往成见或流行意见的认识地平线。我们坚信，越出文学疆域的文学理论一方面可以发挥其社会批评的功能,另一方面则是演变为"社会美学"①,以社会文化现象为其研究对象的美学,它并未疏离于美学,而只是疏离了所谓的"纯美学",却获得了空前广大的作业空间。

"纯美学"或曰"纯艺术"信念之更深层的错误不在"美学",不在"艺术",这个无论怎么热爱、痴迷、癫狂都不过分,我们不是美学和艺术的取消主义者,不是柏拉图,为了"理想国"而驱逐艺术家,其错误乃在于天真地相信一个"纯"字。事实上,美和艺术从来都不是康德意义上的"自在之物",文学因为其作为语言的艺术与公共世界相通,因而就更其不是。"美""艺术""文学"毕竟是"有"的,好像就明摆在那里,拿起来便可诵可观,但此"有"乃是走出、现身于我们之间或我们的意识、感受,而作为非独立的、有内核的存在物。如果说美就是某物,亘古如斯,不增不减,那么比如说我们有了《诗经》中的爱情诗,为什么后世还有新的爱情诗不断出现呢?如果今天的爱情诗与过去的爱情诗都是一个东西,一个"美",那谁还会不惮烦难去书写新的爱情诗呢?我们不能说今人的感情就一定比古人的丰富细腻多变,历经数千年,爱情诗之所以层出不穷,不是情感本身多有新意,

---

① 对于因审美泛化而起的"社会美学",笔者已有专论,此处从略。参见金惠敏:《消费时代的社会美学》,载《文艺研究》2006年第12期,第6—17页。

而是不断发生的情感从起源上总是或"应物斯感"(刘勰)或"缘事而发"(班固),这事物不仅是自然物候,也是人际遭遇,钟嵘把两者同时纳进其视野:"若乃春风春鸟,秋月秋蝉,夏云暑雨,冬月祁寒,斯四候之感诸诗者也。嘉会寄诗以亲,离群托诗以怨。至于楚臣去境、汉妾辞宫,或骨横朔野、或魂逐飞蓬,或负戈外戍、杀气雄边,塞客衣单、孀闺泪尽,或士有解佩出朝、一去忘返,女有扬蛾入宠、再盼倾国,凡斯种种,感荡心灵,非陈诗何以展其义,非长歌何以骋其情?"[1]而从其表达方式观之,情感亦非空无所凭依、所寄托,赤裸而出,相反,它总是借着外物而将内在的情感牵引出来。王国维论诗曾分"有我之境"与"无我之境",其意"无我之境"当然全是物象之错落敷陈了,但"有我之境"也同样是借物而出、而达、而显,如其所举之例,"泪眼问花花不语,乱红飞过秋千去",以及"可堪孤馆闭春寒,杜鹃声里斜阳暮"。试设想一下,假使这当中没有泪眼、花儿、乱红、孤馆、杜鹃、斜阳等物象,诗人哪里能够让我们体会到他的感伤和凄楚呢?!情感的表达是需要媒介的,但这些媒介不是单纯的工具,而是包含信息的媒介,或者如麦克卢汉简洁之所谓,"媒介即信息"。现在如果说情感借以表达的介质可以称为"介媒"

---

[1] 王叔岷:《钟嵘诗品笺证稿》,北京:中华书局,2007年,第76-77页。标点有更动。

的话，那么触发、引动情感的"物""事"则可以称为"触媒"。麦克卢汉"媒介即信息"这样的命题既适用于"介媒"，也同样有效于"触媒"，因为触媒不是触而退，而是触而进，即不是仅仅将对象触碰出来而自身却岿然不动，而是在这触碰中自身也顺势进入对象，化作对象的一部分。这即是说，触媒经常也是介媒。

胡塞尔有"意向客体"一说，他的意思是所有意识都不是空洞无物的，而是指向某物的，或者说，所有的意识都是有某物在其中的。审美意识如果也是一种意识，那么它也同样是对某物的意识，是有物在其中的。这里以诗歌情感为例的说明使我们看到，情感的发生有"事"有"物"的触动，而后这些事物又进入情感的表达甚至作为情感本身之载体，因而可以断言，与在意识活动中的"意向客体"类似，在情感活动中也存在"情感客体"（emotional objects）。意向活动与情感活动不同，前者总是或多或少地倾向于对主体和客体的二元假定，而后者则更多地意味着主客体之间的共在关系，借用海德格尔的术语，前者是"向视"（Hinsicht），后者是"环视"（Umsicht）。在"环视"中，虽然仍有"视"在，但此"视"已经被环境化、关系化了，不再是主体之"视"。胡塞尔的"意向"诚然有笛卡尔"我思"的意味，这一概念被发展出来，却不是为了返回，从而为了确证笛卡尔的"我思"；恰恰相反，胡塞尔意图证明的是，意识活动是**现象学**

地或存在论地而非主体论地或认识论地既包括了主体也含有客体的。也就是说,传统形而上学中的主客体二元对立被重新描述为同一世界内部的两个(端)点,而且这样的"意向性"之存在样态是非反思性的、秘而不宣的,因而唯有通过本质直观的而非课题性的反思才能把握。"意向性"之温暖人心的地方在于揭示我们人类所生活的世界,不是物理的世界,也不是纯意识的世界,而是外物进入了我们的意识,同时意识也统合了外物的世界。胡塞尔的"意向性"概念是直通其后期的"生活世界"概念的。主观包含着客观,这样的道理一点儿也不晦涩,回到胡塞尔的导师布伦塔诺,原来那就是我们的日常经验:"每一心理现象自身都包含作为对象的某物,尽管其方式不尽相同。在表象中总有某物被表象,在判断中总有某物被肯定或否定,在爱中总有某物被爱,在恨中总有某物被恨,在欲求中总有某物被欲求,如此等等。"[1] 总之,"这种意向的内存在是心理现象所专有的特性。没有任何物理现象能表现出类似的性质。所以,我们完全能够为心理现象做出如下界定:它们是在自身中意向地包含一个对象的现象"[2]。

---

[1] 弗兰兹·布伦塔诺:《从经验立场出发的心理学》,郝亿春译,北京:商务印书馆,2017年,第105–106页。

[2] 同上,第106页。

显然，如果将"意向"和"情感"统统作为一种心理现象，那便没有必要继续在二者之间区分什么"向视""环视"了，因为无论是哪种方式之"视"均有其"所视"，除非"视而不见"，那是未完成之"视"。视则必见，不过现象学之"见"并非刻意之"见"，"见"已在其中矣。

如果说胡塞尔的"意向客体"多少倾向于表示一个从意识指向客体的过程，那么受其影响的法国哲学家莫里斯·梅洛－庞蒂则反向于胡塞尔而指出了一个从物到意识的过程："每一个物都向我们的身体和生活诉说着什么，每一个物都穿着人的品格（顺从、温柔、恶意、抗拒），并且，物反过来也活在我们之中，作为我们所爱或所恨的生活行为的标记。人驻于物，物也驻于人——借用心理分析师的说法就是：物都是情结（complexte）。塞尚亦持此观点，他曾说绘画力图传达的正是物的'光环'（'halo'）。"[①] 这里将梅洛－庞蒂与胡塞尔两相对照，我们并非着意于在二者之间辨出学术上的正确与错误，循此思路，可以指出，胡塞尔的描述是科学的、逻辑的，而梅洛－庞蒂的则是经验的、现象的，在经验中我们首先看见了物的符号价值、情感价值或者说意义价

---

① 莫里斯·梅洛－庞蒂：《知觉的世界：论哲学、文学和艺术》，王士盛、周子悦译，南京：江苏人民出版社，2019 年，第 34—35 页。

值，"感时花溅泪，恨别鸟惊心"，如杜甫的诗所表现的。我们无法辨别是意识主动统摄了外物，还是外物主动进入了意识的领地，但无论对于胡塞尔抑或梅洛-庞蒂来说，其结果都是一样的，即意识与外物交融而成的"世界"，其中有物，也有意识。艺术品和其他任何审美客体也许更其如此，它们不独是物，也不独是空洞的意识和情感，而是"物世界"和"物情感"。刘勰有言"登山则情满于山，观海则意溢于海"，其此之谓欤？！

诗人、艺术家或前谓"诗化哲学家"习惯于以情统物、以意统物，那是他们的职业本性，因而对于"意向客体"和"情感客体"等，他们也自然地愿意理解为一个与外物无涉而独立自足的世界。梅洛-庞蒂就跟随艺术家强调："绘画就不是对世界的模仿，而是一个自为的世界。"[1]因而"即使画家在画真实的物件时，他的目的也从来都不是取召回此物件本身，而是在画布上制作出一场自足的景象"[2]。诗也一样，它使用语词，以语言为载体，但它"不直接涉及世界本身，也不直接涉及世俗真理，不直接涉及理性"[3]，

---

[1] 莫里斯·梅洛-庞蒂：《知觉的世界：论哲学、文学和艺术》，王士盛、周子悦译，南京：江苏人民出版社，2019年，第79页。

[2] 同上。

[3] 同上，第85页。

这是一个知觉的世界而非科学的世界,即"不仅仅是自然物的总体,也将是绘画、音乐、书籍,即德国人所谓的'文化的世界'"①。梅洛-庞蒂最反对的就是以文学或文字符号来"充当自然事物的符号"②。但是,千万不要误会,以为胡塞尔的现象学和梅洛-庞蒂的知觉美学都是在复活19世纪的唯美主义或"为艺术而艺术"论。非也,当外物进入知觉的世界,在黑格尔,是进入概念或艺术而形成一个生气灌注的客体,这一过程充满了主体之内在情意与客体之外部世界的反复较量、争斗,其矛盾、不协调在作品中暂时达成了某种妥协,然而它随时都可能再次被批评家和读者放大和释放出来。这就是说,文学和艺术从感知、创作过程一直到其最终成品,都是情意与物事以及内容与形式的博弈。这就是为什么像黑格尔这样的绝对观念论者尽管认为艺术"自成一种协调的完整的世界"③、称颂"艺术有它内在的目的"④,却不能就此便认为他真的是在主张"为艺术而艺术"的

---

① 莫里斯·梅洛-庞蒂:《知觉的世界:论哲学、文学和艺术》,王士盛、周子悦译,南京:江苏人民出版社,2019年,第87页。

② 同上,第84页。

③ 黑格尔:《美学》第一卷,朱光潜译,北京:商务印书馆,2009年,第335页。

④ 同上,第69页。

原因。[1]同理,德里达尽管守持"文本之外无一物"这种黑格尔主义的信条,但这并不妨碍他在文本之内发现裂缝和差异,发现"意不称物,文不逮意"(陆机)的情况,他仍然不时地从文本之内向外溢出政治的激情,其后期书写则表现尤甚。整体来看,20世纪法国知识分子从来没有因为其对文本的投入而逃避他们的政治担当。他们一直在**与文本**战斗,也一直在**用文本**战斗。

如今似乎没有多少人再关心美的本质问题了,但即使仍然愿意争论美是客观的或是主观的包括社会实践的,也不妨碍我们没有异议地将"美"分作美的产品和审美活动,尽管可能肤浅了一些,本质论者要追问是什么使得美之为美、审美意识之为审美的意识。美的产品和审美意识是美学研究的起点和对象。在这两者之中,不必援引我们熟悉的马克思主义的艺术社会观、政治观,单是提到中国古人的应物论和缘事论、现象学的"意向客体"论以及"知觉的世界"论,就已经使我们深信所有的"美"的产品、审美意识的产品(如自然美)和此意识活动本身都内化有外物外事,因而就根本没有单一的、纯粹的美和审美意识。艺术、文学

---

[1] 参见金惠敏:《黑格尔主张"为艺术而艺术"吗?》,载《天津社会科学》2020年第2期,第123-127页。

从其来源上、产品形态上都内涵着外物外事、社会人生。不是我们事后再要求一个"没有文学的文学理论",而是我们从一开始就面对着一个文学和非文学、文学之内和文学之外的对象,而作为一个创造主体或审美主体,我们本身也是一个美与非美、审美意识与非审美意识的交织、混杂的结构。要求文学发挥其社会批判功能,乃是因为文学本身就包括了社会;不是我们生硬地甚或暴力地要求"没有文学",而是文学本身就天然地包含不是文学的"事""物"和"客体"。

文学活动乃至一切审美活动,如果只是将其局限于文本之内,局限于文本间性,而且是那种其外无物的文本,便不会存在文学和审美,它们总是因为其"意向关联物"而发生和持续。我们过去常说距离产生美,不错,没有距离就没有美,但在此尚需进一步展开说,此"距离"实则是文学与非文学、审美与非审美之间的相互作用或往复运动。距离不是静止的空间,而是因主客体之间角力而随时可能改变的空间。我们有体验:美的文学是有感动人心的效果,但感人之处多是触动了其对生活社会的体味和思考,勾起其平日深藏不露的酸甜苦辣的人生记忆或创伤记忆,激发其向更阔大的、有时是神性的境界开放和迸发,等等。从作者方面说,是"功夫在诗外",但从读者方面来说,也常常是"功效在诗外"。艺术的效果发生的过程,首先是"引人入胜",但结果一般是"引入出胜",指向粗鄙的、丑陋的、不完美的现实,从而唤起变革生活的觉悟、冲动和行动。

纯文学、纯诗、纯美是一种幻觉,同样,称文学艺术的价值在于真善美也不是说三种价值各行其是,它们绝非各有领地、划界而治,而是相互介入、相互作用或协同作用。美可以进入真,如亚里士多德在其《诗学》中就揭示过,认知或求真也可以产生愉悦[①];美也可以进入善,伦理题材、爱国题材的文艺作品就是"美""德"交融的展览馆。至于有无不经媒介、不媒介任何外物于其内的纯美,换言之,有无表达却不表达任何意义的纯美,我们的回答是,或许有之,但一定是稀有、稀薄到可以忽略不计的。我们难道能说,我表达了,但我什么也没有表达吗?问题很难回答,因为这种情况太不常见、太悖常理。表达必有所表达。虽然有这样超凡脱俗、一尘不染的说法,什么"大美无言"(庄子)[②],什么"大音希声""大象无形"(老子),等等,但实际上当你欣赏到"大美"、听到"大音"、看见"大形"时,它们就已经是"传达"给你或者说你的五官感觉了:传达必然是有路径的。有"心领神会"而不经五官感知的情况,但倘使没有暗示的蛛丝

[①] 参见亚里士多德:《诗学》,陈中梅译注,北京:商务印书馆,2018年,第45页。
[②] 庄子的原话是"天地有大美而不言"(《庄子·知北游》),此处为简化的说法。

马迹,则何由、何有"领会"之?!"心""神"可以理解为更高一级的感官,因为它们毕竟是知,是给予知识。我们不相信本质主义的美论,所有的美都是人与外物相互作用的产物。美是关系的和动态的,更准确地说,在美与非美形成关系之前,不存在先验之美。因而美乃是后天的、人为的。美是人对自然外物的感应、回应和创造,在这一意义上,美是生态的,如果生态一词并不排除人为的话。有点儿悖论的是,人一方面可能是生态的破坏者,但另一方面若是没有人和人为,生态便无从谈起;同样悖论的是,美试图抽身于现实,但没有现实和现实坚硬的存在,美亦无从谈起。美就诞生于消灭现实和与现实的拼死抵抗之中,这是协商的空间,是争斗的空间,是"指物"的空间,是位在"能指"之内而总是遥想"所指"的空间,等等,这个空间可能囊括了所有的艺术奥秘。

阿多诺有一句经常被引用的名言,就是"奥斯维辛之后,写诗是野蛮的"。于此,美国批评家希利斯·米勒不无担忧地揣度,既然奥斯维辛之后,写诗是野蛮的,那么论诗或就是文学批评岂不是更加的野蛮吗?因为,诗和一切文学都是虚构的,纵然使用真实的地名、人名、事件,而且令人失望的是,其"对文字的运用也奇特地无涉现实"。然而事实上,米勒又注意到,在阿多诺发出禁诗令之后,仍然有大批诗人作家前仆后继地书写大屠杀及其创伤记忆,如保罗·策兰、伊姆雷·凯尔泰斯等。因此,米勒便认定阿多诺的禁诗令是错误的，因为阿多诺"没有意识到文学是见证奥斯维辛的有力方式，无论那份证言可能存在什么样的问题"。米勒坚持："文学本身成为见证，特别能够提醒我们不要忘记那些逝去的超过六百万的生命，并由此指引我们从记忆走向行动。"这里虽然米勒有可能误会了阿多诺，因为在那一句名言中，我们觉察到，阿多诺一方面是在激愤地谴责诗的不及物，其可能以华丽的外观掩饰了大屠杀的血腥和丑恶，堕落为大屠杀的同谋，另一方面他又何尝不是对诗提出介入现实的强烈要求呢？！如此而言，阿多诺和米勒便是殊途同归了，他们共同述说着一个"介入的文学"或"文学的介入"。没有人会不留意阿多诺的"唯美"主义言论，没有人会不知晓米勒是美国解构主义"修辞论"的文学批评家，但他们两人没有谁因为对美和文学的迷恋、痴情而忘却其外的现实。他们都是有社会担当的"美学"家和"文学"家，他们以"美学"和"文学"的方式介入现实。例如，米勒就有信心，其对"奥斯维辛之后"文学的解读、"对这些特定作品的感受"，是"有可能指向雅克·德里达意义上的'将到来的民主'(the democracy to come)"的。①在归纳文学之何以重

---

① J. 希利斯·米勒：《共同体的焚毁：奥斯维辛前后的小说》，陈旭译，南京：南京大学出版社，2019年，"前言"第1—5页。

要时，米勒给出了三个，原话如下："Literature matters because it serves three essential human functions: social critique, the pleasure of text, and a materialization of the imaginary or an endless approach to the unapproachable imaginary."①在此，"社会批判"位列文学三大功能之首，排在后面的是"文之悦"（此处应是借用了巴特的术语）和"想象之物质化"。较之于米勒，我们没有主张更多，我们只是更加清晰地强调了文学是以审美的方式即他所谓的"文本""愉悦"和"想象"的方式来进行"社会批判"的，一句话，我们主张的是"美文学的社会批判"。

三、审美民族主义与间在解释学

"没有文学的文学理论"提出于一个日益全球化的中国语境，其相呼应的是一个"没有中国的中国理论"。中国早已不是单子

---

① 兰詹·高希、希利斯·米勒：《文学思考的洲际对话》，北京：外语教学与研究出版社，2019年，第67页。注：此书为英文。

式（莱布尼兹）的中国，不是绝物的"独在"（singularity）[①]；中国已经内化了先前作为外部的世界，杂合了各种异质性的文化要素。中国之戏剧性和史诗性的发展，是"改革开放"的结果，是"海纳百川，有容乃大"的结果，是文明对话和文化互释的结果。从中西两方面说，其存在的星丛性，即是说，共在但绝不同一，或者说，既独立自在却也相互连接，这种特性决定了二者之间的相遇和交往既非格格不入，亦非丝丝入扣，理解与误解共在，阐释与遮蔽齐飞，从来不会有恰切的阅读，所有的阅读对作者文本来说不是太多就是太少，这才是所谓"赫尔墨斯学"（Hermeneutik，

[①] "singularity"有多种译法，如"独异""奇异性""独一性""独体"等。法国哲学家让-卢克·南希有复杂的阐释，对此美国批评家米勒做了简洁明了的转述，兹抄录如下："南希将人看作'独体'（singularities），而不是个体（individualities），也就是将每一个人视为在根本上不同于其他所有人的能动者（agents）。每一独体都拥有隐秘的他异性（alterity），无法向其他任何独体传达。这些独体以他们的有限性和必死性为本质特征。每一个独体都是瞬间即时的，从一开始即被其终将死亡这一事实所定义。"（J.希利斯·米勒：《共同体的焚毁：奥斯维辛前后的小说》，第19页）在我们看来，"个体"既有"独在"的性质，也不乏可交流性，"独在"因而不能理解为某一具体之物，而是所有具体之物的不可交流性。这样说来，"独在"也不能用复数表示，因为它指示的是一种性质，是所有之物的性质。

hermeneutics）①**存在**的恒道与常态。没错，阅读作为一种认识是存在性的。

意大利"符号"学家乌姆贝托·艾柯不理解这一点，虽然他

---

① 国内学界对"Hermeneutik"的翻译一直在"解释学""诠释学""阐释学"之间争执，莫衷一是而各行其是，因为从字面上或词源上，我们无法断言"解""诠""阐"不同样具有"赫尔墨斯学"所含有的洞开、打开、显露、展示、表达、传递等信息。这也就是说，相对于未经和有待赋义的"赫尔墨斯"即一级概念来说，解释、诠释和阐释均属于二级概念，在对"赫尔墨斯"的解说方面分不出优劣来，谁也无法排他性地占有"赫尔墨斯"的美名。与此相对照，西方人就没有这样的措辞争执和烦恼，因为"赫尔墨斯"作为神的名字，其意义并不能完全从其名字中一望便知或推测出来，因而需要几个概念来展现，例如 interpretation, explication, Erklärung, Auslegung, 等等，而且由于"赫尔墨斯"处于一个有待被澄清的位置上，被作为一个研究对象，即所谓"理解的艺术"，它就可以被不同的学派从不同的角度不断加以界定，形成"赫尔墨斯"的语义史，即赫尔墨斯学史。既然如此，我们何不仿效西语之先例，以未经界定的神的名字"赫尔墨斯"加"学"字作为学科名称，而将解释、阐释和诠释等作为二级概念来说明作为一级概念的"赫尔墨斯学"呢？！或简称"赫墨学"亦未尝不可，因为"赫"也有"显赫""光明""使之鲜明"的意思；而墨者，默也，无言也，无声也。"赫墨"组合于是也意味着让无言的发声、露面、显现，这不正是解释、阐释或诠释的意思吗？！将无适切对应的外语学科名称直接音译为本国学科名称，这是一种很常见的现象，西方学术界如此，中国学术界亦不例外，比如逻辑学、拓扑学、基因学等。本文在个别地方尝试使用音译"赫尔墨斯学"，意在与读者共同检验其能否顺利融入文本之流。

也写过《开放的作品》(1962年)肯定读者在诠释文学文本中的积极作用,但他抱怨读者只是将注意力集中在"作品所具有的开放性这一方面",而忽视了"开放性阅读必须从作品本文出发(其目的是对作品进行诠释),因此他会受到本文的制约"[1]。他重申他所研究的是"本文的权利与诠释者权力之间的辩证关系"[2],而不幸的是,他发现,在最近数十年的文学研究进展中,"诠释者的权力被强调得有点过了火"[3]。尤其让他不能容忍的是,有批评理论竟然主张"对本文唯一可信的解读是'误读'(misreading)"[4]。艾柯坚持要为诠释设限,他相信"一定存在着某种对诠释进行限定的标准"[5],因而"为诠释设立某种界限是有可能的"[6],否则的话,就会出现无事无非而自以为是,从而不再交流的情况:"人人都对也就意味着人人都错,因为你完

---

[1] 艾柯等:《诠释与过度诠释》,王宇根译,北京:生活·读书·新知三联书店,1997年,第27页。

[2] 同上,第27—28页。

[3] 同上,第28页。

[4] 同上。

[5] 同上,第48页。

[6] 同上,第176页。

全有理由忽视别人的观点而固执于自己的观点。"①艾柯对当代本文诠释理论中的相对主义、主观主义及其后果的批判和担忧都是有其道理的，开放的作品绝非意味着无边的开放，甚至可以率意发挥，本文的解读绝对有正误之分；但是，他没有体会到，当代赫尔墨斯学的一个重大变化是从以施莱尔马赫为代表的认识论模式向海德格尔所开辟的本体论或存在论的转折。认识论模式以"作者意图"或更复杂一些的"文本意图"为标准，合之则为好的阐释，不合则是坏的阐释。而本体论或存在论的模式则是把阐释看作阐释者置身于世，因而其阐释也是置身于世的活动。认识即存在，作为认识的阐释也是存在，赫尔墨斯学因此不是**关于**而是**属于**"此在"的阐释，是"此在"自身的开显过程。就此而言，赫尔墨斯学实际上就是现象学。对于海德格尔的诠释革命，伽达默尔有一精准的概括："海德格尔对人类此在（Dasein）的时间性分析已经令人信服地表明：理解不属于主体的行为方式，而是此在本身的存在方式。"②这里的"主体"是主观的意思，是胡

---

⑤ 艾柯等：《诠释与过度诠释》，王宇根译，北京：生活·读书·新知三联书店，1997年，第184页。

① 伽达默尔："第2版序言"（1965年），载其《诠释学II：真理与方法》，洪汉鼎译，北京：商务印书馆，2007年，第533页。

塞尔意义上的"主体",即意识之主体。而如果阐释不再是主体/主观对于客体/文本的纯粹认识,而是主体间性的行为,准确地说,是"此在"之间的行为,那么对阐释的评价标准就将发生根本性的变化:不是不再存在阐释的正误问题,而是不能继续依照此阐释是否符合目标文本,即正误、认识论来判断一个阐释的好坏。阐释是作为"此在"而非作为"主观"之间发生于真实情境中的相遇,是"个体间性"的反应,是"此在"间性(此处我们有意避开了"主体间性"一语)的交往行为。

在这一意义上,伽达默尔一定会说,没有什么正确的或错误的阐释,只有不同的和特别的阐释。对此,可谓参透了伽达默尔解释学之存在论性质的美国学者理查德·E.帕尔默有着更易为读者所接受的演绎:"诠释学是理解的本体论和现象学。**理解不是以传统的方式被设想为人类主体性的一种行为,而是被设想为此在存在于世界的基本方式。**理解的关键不是操作和控制,而是参与和开放,不是知识而是经验,不是方法论而是辩证法。对伽达默尔来说,诠释学的目的不是为'客观有效的'理解提供规则,而是尽可能全面地思考理解本身。与他的批评者贝蒂与赫施相比,伽达默尔关注的不是更正确地理解(并由此关注为有效诠释提供规范),而是更深刻、更真实地去理解。"①帕尔默此处所讲的就是赫尔墨斯学从主－客体二元对立范式向着主－主体间在模式的转折及其所带来的解释标准的改变。要之，新解释学的真意不是反映，而是反应。

体味了此真意，我们将不再抱怨他人不理解自己，也不再会痛悔自己有过曾经不理解他人的时候。人类是一种现象学的、星丛性的存在，我们在显露自己，显露给他人，但同时也在扣留、守持自己；我们在寻求被理解，也在拒绝来自他人的理解；我们欢迎被阐释，我们也在抵制阐释；我们是赫尔曼斯所谓的"对话自我"②，是巴赫金所谓的"开放的统一体"③；我们处在显与隐之间，时隐时现。

为了构建"人类命运共同体"，我们不是要放弃民族立场、民族本位，而是要以我们民族的"独在"协商于他者的"独在"，相向展开自身，接受彼此的凝视和阐释。具体于文学领域，举例说，我们的《诗经》和《红楼梦》是民族的、独特的，但也是世界的。

---

① 理查德·E.帕尔默：《诠释学》，潘德荣译，北京：商务印书馆，2012年，第280-281页。黑体引加。

② 赫伯特·赫尔曼斯：《对话自我理论：反对西方与非西方二元之争》，赵冰译，可晓锋校，载《读书》2018年第12期，第34-41页。

③ 巴赫金：《答〈新世界〉编辑部问》，载《巴赫金全集》（七卷本）第四卷，白春仁、晓河、潘月琴等译，石家庄：河北教育出版社，2009年，第409页。

这就是说，不否认其有难以传达的微妙之处，但也不是绝然不可传达的。民族性的文学既有不透明的、无以言表的内核，也有可言传、可意会的共享。过分迷恋自身文学、文化的不可阐释性，反对阐释，反对"理论"的阐释，反对将文学的独在性敞开而非保持闭合状态的文学理论，若推源起来，这内里存在着唯我主义的嫌疑，而"唯我"早已被无数哲学家和心理学家论证是不存在的，他们坚持，凡说到"我"便已言及了他者。作为常识的是，所谓"自我意识"不是其中只有自我的意识，而是对自我和他人的同时意识。自我是区别性的，区别于他人，而区别也是先已对联系的承认；区别的前提是联系，进一步说，区别是建立一种特殊的联系。英国的"脱欧"，美国的"脱华"，都不是绝对意义的两相分离，而是重建一种新的联系。真正的脱离是相忘于江湖，连"脱离"都不知为何物。宣称自我是独一无二的、不可阐释的，其真心也并非说不可阐释，而是一种对阐释权的争夺：唯有"我"才是"我"自己的权威阐释者。同样，宣称文学的审美独在，拒绝阐释，是一种唯我主义，一种审美的唯我主义；在全球化语境，则是一种狭隘的审美民族主义：止步于"各美其美"的自觉，而未获得"美人之美"的他觉，更未达及"美美与共"的统觉。"天下大同"具有审美的特性，犹如青年马克思所畅想的那种共产主义："对私有财产的扬弃，是人的一切感觉和特性的彻底**解放**。"①而如果说"天下大同"或共产主义是一个美好但又遥远的目标,值得为之奋斗,那么我们何不从力所能及的、在意识上的"审美共通感"的建构开始②呢?!何不从我们自己的专业领域文学理论开始,破除长久以来我们以为理所当然的错误观念呢?!被意识到了的"世界文学"19世纪初叶在欧洲已经启动,两百年过去了,中国的民族文学早已成为世界文学的一部分,尽管我们的文学仍然葆有民族的特性和特色,只要有国家的存在,这一点应该永远不会有实质性的改变,但它事实上也同时跨出了国界,为世界人民所欣赏和接受;我们对外国文学的翻译和接受就更不待言了,基于其渗透和融入程度,甚至能够说,翻译文学也成为中国文学的一个部分,同理,翻译理论也是我们当下理论的一个基本库存。在中西文学交流过程中,当然不乏误解、错解甚或歪曲,但我们毕竟是创造一种"世界文学",此世界文学不是民族文学的均质化,而是文学星丛,你在,我在,大家共在;

---

① 马克思:《1844年经济学哲学手稿》,北京:人民出版社,2018年,第82页。
② 马克思指出,异化既发生在意识领域,如宗教,也发生在现实领域,如经济。因此,对异化的扬弃便包括不可偏废的两个方面。但至于从哪一方面开始,他认为:"这要看一个民族的真正的、公认的生活主要是在意识领域中还是在外部世界中进行,这种生活更多地是观念的生活还是现实的生活。"(同上,第79页)

他们彼此打量、触摸、探寻，各取所需，丰富自己，同时也丰富了整个世界。

结　语

行文至此，多数读者如果仍然以为笔者在倡导和卫护一种"没有文学的文学理论"或者说"没有美学的美学理论"，滑向文学或美的文学的取消主义的泥沼，那就真的是"行文不过如此"了。只是为着这部分读者而非所有读者，我们有必要以一种结语的形式重申如下：

我们并不一般地反对"文学性"，并不反对"审美"，也非反对"审美的文学"，而是反对文学本质主义、审美本质主义，我们认为根本就不存在本质主义所想象的那种"本质"，即作为自在之物的本质、超验的本质。从文学性和审美的形成与结构看，它们原本就是合成的，文学包含了非文学，审美包含了非审美，是文学与非文学、审美与非审美之间的矛盾和紧张生产了我们误以为是纯粹文学性和纯粹美的幻觉；可以继续使用"文学性"和"审美"等习惯用语，但必须明白这只是习惯性赋义，而真相则为它们都是功能性的、效果性的。不错，"距离产生美"，然此距离应该理解为审美与非审美之间矛盾、张力甚或冲突、争斗的动态空间，而美则是在此空间中被动态地生产出来的感受性效果。此其一也。

其二，这种形式的"唯美"主义，在全球化时代的文化语境中，则演变为"审美民族主义"，即坚持民族文学和美学的"唯我"性、"独在"性，神秘而他者，具有不可阐释性和不可交流性，反对"世界文学"，不承认"审美共同感"和"审美共同体"的可能性。不过，且慢，不要误会笔者在宣扬"无国界解释学"或"绝对理性"，宣扬"文化帝国主义"。绝不，笔者深信民族、文化、文学、审美一方面具有不可磨灭的独特性、唯一性，但另一方面由于任何存在无论多么自在、独异，都是现象学的、赫尔墨斯学的，即都是显现的，都在麦克卢汉所谓的"延伸"的过程中；如果说用传统的"对话"来描述这一特性可能有所不及的话，是因为我们太容易就将"对话"理解为胡塞尔那个净除了物质性、身体性和文化性的"主体间性"的。我们推荐的理论和方法是"间在解释学"，即各民族、各文化共同体、各位独特的作家和艺术家立足其自身而发出"对话"的邀请。在此相遇的"对话"空间里，所有的参与者都是既坚持了自我，又展示了自我；既意识到了自在的他者，又学习了显现的他者，从而一个间性的文化共同体和审美共同体便有望形成。顺便指出，费孝通先生的"各美其美、美人之美、美美与共、天下大同"不能只是理解为一个先后相继的序列,而是在其最终阶段"天下大同"中也仍然没有排除"各美其美"的民族的或文化的差异美学。换言之,"美美与共"是对"各美其美"的"扬弃",而非全然的"抛弃"。

(此文作于 2020 年 7 月 25 日—8 月 3 日,成都望江,发表于《文艺争鸣》2021 年第 3 期)

文学性与非文学性的辩证法
以巴赫金对什克洛夫斯基的批判为中心

> **阅读提示** 什克洛夫斯基在其名文《作为手法的艺术》中提出"奇异化"理论,一般被认为其目的是要营造一个与现实无涉或就是排除了现实的、闭合性的"文学性"世界,巴赫金也是如此地批判于什克洛夫斯基的,这对后者来说显然是一种莫须有之罪。据后者声明,其"奇异化"意在唤醒被"自动化"或麻醉化了的现实感。但对于现实事物与艺术之关系,什克洛夫斯基等人并未展开论述,或辩解乏力。巴赫金对什克洛夫斯基文学性理论的批判虽有脱靶问题,但他在肯定"文学性"存在的基础上,发展出"文学性"与"非文学性"关系的辩证法,对唯美主义是一个有力的驳斥,对马克思主义文艺学是一种体系性的丰富。

在文学研究领域，米哈伊尔·巴赫金堪称一位"百科全书式"的经典人物，对几乎文学和文学研究所涉及的一切话题都有触碰或深入的探讨。中国文艺学界虽在巴赫金翻译和研究上领先于他国，但并非对其所有问题或重要问题都予以关注和讨论。巴赫金的理论效应有待继续释放。我们不是在经典常读常新的意义上来为本文寻找依据（的确，作为经典的巴赫金经得起反复言说），而是发现，对于巴赫金所充分论述的许多问题，其中有不少我们未能给予其应得的研读和阐释。本文拟聚焦于巴赫金对什克洛夫斯基等俄国形式主义者"文学性"理论的批判，考察他如何将"非文学性"引入"文学性"王国，"非文学性"如何在"文学性"有机结构中保持其自身的独立性，以及位处"文学性"王国之外的"非文学性"对于"文学性"具有怎样的价值。

但本文绝非对巴赫金的一个复述。巴赫金在描述一个人的成长履历时认为："文本外的影响具有特别重要的意义。这些影响通过话语（或其他符号）体现出来，而这些话语是别人的话语，首先是母亲的话。然后，这些'他人话语'借助另外的'他人话语'（以前听到的）通过对话式的加工变成'自己的他人话语'，而后再变成自己的话语（即去掉引号），这自己的话语已具有创新的性质。"[1]引述巴赫金此语当然不是想预先夸耀一下本文有什么创新,而是借此告诉读者本文的研究方法,即通过阅读引号中的"他人话语"逐渐走向"自己的话语"。至于"自己的话语"有无"创新"性质,那需要读者下判断。

我们就从阅读什克洛夫斯基关于"奇异化"的论述开始吧!需要预警一下,我们的这部分研读和评议会让某些"巴赫金迷"感到不适。不过,巴赫金本人应该是欢迎"对话"的。

一、什克洛夫斯基的"奇异化"及其真正的旨趣

粗粗浏览一下被作为俄国形式主义宣言和代表作的什克洛夫斯基《作为手法的艺术》一文,便会感觉到把形式主义这顶帽子甩给什克洛夫斯基有失允当。这篇文章的核心观点只有几段,大部分是关于观点的作品例证,虽然读起来十分有趣,但毕竟属于辅助性的论述。什么是文学中的形式主义?其问题被认为出在哪里?我们今天的读者能够从中汲取哪些灵感?要恰当地了解这些

---

[1] 巴赫金:《巴赫金全集》第4卷,钱中文主编,石家庄:河北教育出版社,1998年,第382页。为节约版面,以下凡出自该文集的引文均随文以"巴赫金卷数:页码"格式加以标注。

问题的答案，当然是首先回到什克洛夫斯基本人的阐述，而非他人的评论。

这就是那个被一引再引的著名文段：

> 艺术的手法是将事物"奇异化"的手法，是把形式艰深化，从而增加感受的难度和时间的手法，因为在艺术中感受过程本身就是目的，应该使之延长。**艺术是对事物的制作进行体验的一种方式，而已制成之物在艺术之中并不重要**。[①]

艺术创造一个不同于生活世界的世界，一般的文学作品如此，即便那些影射性的作品，也是一个不同于被影射对象的世界，以此而讽彼也，彼此分明，绝不同一。那么，这一不同的世界是如何创造出来的？创造需要方法，因此创造出不同世界的艺术自不必说，一定是使用了不同的和特殊的方法，这些方法可以是制作的技巧，也可以是感受的方式，或者，是看待事物或自然世界的态度或角度。什克洛夫斯基将艺术的手法说成是将事物"奇异化"的手法，这本质上毫无问题，而所谓"奇异

---

① 维·什克洛夫斯基：《散文理论》，刘宗次译，南昌：百花洲文艺出版社，1997年，第10页。为节约版面，以下凡出自本书的引文均随文采用"什克：页码"格式加以标注。

化"表现在形式上,就是其艰深性,接受起来有难度、费时间、耗精力,这等于强迫读者放弃其日常的感受方式,或者,走出感受的舒适区。于是读者体验到了各种艺术的效果,如新奇、震惊、恐怖等,不一而足。艺术就其作为艺术而言,就是给人提供不同于日常的感受,使"感受过程""延长",目的乃是让其充分地感受到艺术与生活的不同。因此,称"**艺术是对事物的制作进行体验的一种方式**",即体验艺术家之匠心独运,跟随艺术家一道感受生活。难道不是这样吗?例如:"诗歌语言是一种困难的、艰深化的、障碍重重的语言。"(什克:21)与这一描述看起来不相一致,诗人有时也使用低俗的语言,如普希金的部分诗作,但什克洛夫斯基旋即辩解说,"普希金把使用民间俗语作为一种引起注意的特殊手段,正如他的同时代人平常说法语时也总是用用俄语词一样"(什克:21)。原来当艺术的感受方式成为惯例,当高雅成为一种日常,用粗鄙的、令人不快的俗语突然间来打破它,便可能反身而成为艺术,因为所谓艺术即是"奇异化",既有对生活的"奇异化",也有对艺术本身的"奇异化"。虽然读者对某些"奇异化"是有"感受的难度",不能用常规的艺术感去感受,但突破了这层限制,即便不会认为其大俗大雅,也会叹服其超常的表现力。

中国古话有谓"苟日新,日日新,又日新",主要是指修身励志，但用在艺术感受创新上应该更为贴切。艺术为什么要致力感觉的更新呢？什克洛夫斯基不是唯美派，虽然他声称"在文学理论中我从事的是其内部规律的研究。如以工厂生产来类比的话，则我关心的不是世界棉布市场的形势，不是各托拉斯的政策，而是棉纱的标号及其纺织方法"（什克：3），即他研究文本自身而非文本之外，但是，对于艺术之更新感觉的目的，他则指向了外部，不再局限于形式之内或感觉内部："正是为了恢复对生活的体验，感觉到事物的存在，为了使石头成其为石头，才存在所谓的艺术。"（什克：10）此话没有任何歧义，更新感觉是为了回归生活、事物以及例如石头之类的存在。他举以托尔斯泰日记中记录的生活逸事说明之：话说这位作家每天有打扫房间的习惯，打扫一圈后走到沙发跟前，但就是想不起来这沙发是否打扫过。托尔斯泰解释说，打扫卫生是无意识动作，所以事后不可能回忆起来。对于这种感受特点或规律，什克洛夫斯基称之为"无意识的自动化"，意思是"动作一旦成为习惯，就会自动完成"（什克：9）。这种自动化的可怕之处在于如果一个人一辈子的生活都在无意识中度过，那么就等于他一辈子都没有生活过；什克洛夫斯基接着发挥说："生活就是这样化为乌有。自动化吞没事物、衣服、家具、妻子和对战争的恐怖。"（什克：10）显然，什克洛夫斯基绝不会为感觉而感觉，为手法而手法，其倡言通过

"奇异化"手法而创造出新的感觉,此感觉之对象是生活本身,回到被已成无意识的、自动化的感觉所忽略的现实本身。这不就是车尔尼雪夫斯基那个现实主义或唯物主义美学吗?与什克洛夫斯基回到生活的观念非常近似,车尔尼雪夫斯基不止一次地说过"艺术的力量往往是回忆的力量"①,即艺术让我们能够回忆起我们经历过的生活和事物。而车尔尼雪夫斯基,我们知道,对"为艺术而艺术"有过尖锐的批判。

需要补充辩白,什克洛夫斯基在给出"奇异化"定义的同一段落还讲过一句有唯美主义嫌疑的话:"艺术的目的是为了把事物提供为一种可观可见之物,而不是可认可知之物。"(什克:10)在此他以"可观可见"与"可认可知"为艺术和非艺术画出一条界线,即"可认可知"是哲学的认识论,而"可观可见"是艺术的审美论,这貌似将艺术封闭在审美感觉的世界里,而与真实的世界相隔绝,若此,那就必然是十足的唯美主义而无疑了,但实际上在什克洛夫斯基看来,前者说的是科学认知,后者则是审美感知,如果说前者提供科学的真理,那么后者则给予我们艺术的真理,进一步,如果说前者意味着世界"是"什么,那么后

---

① 车尔尼雪夫斯基:《艺术与现实的审美关系》,周扬译,北京:人民文学出版社,1979年,第125页。

者则着力于呈现这世界对人"意味"着什么，带有与前者客观性所不同的主体色彩，因而可以说，艺术的世界就是人的或人文的世界。而如果说审美感知中有人的世界、人的故事、人的生命履历，那么内涵丰富如此的审美感知就不会再是唯美主义了。由此可知，什克洛夫斯基以"可观可见"来界定艺术不是唯美主义，他不过是指出了艺术掌握世界的不同特点罢了。

二、巴赫金对"奇异化"的误解和歪曲

然而，不幸的是，什克洛夫斯基及其"奇异化"理论遭到无数人严重的误读、误解甚至尖刻的批判，巴赫金就是其中最突出的一员。如果说巴赫金系统地研究过什克洛夫斯基诗学理论，那么这种系统研究的另一面则是系统的误解和歪曲，当然我们无法判断他究竟是有意还是无意为之。

巴赫金将包括了《作为手法的艺术》的《散文理论》定位于"以纯然形式主义阐释研讨了某些修辞学的问题"（巴卷二：65），即是说，什克洛夫斯基的"奇异化"是形式主义文论，而在巴赫金，形式主义者的特点是"一贯地、始终不渝地坚持艺术结构本身的非社会性。他们建立的诗学是作为一种彻底的非社会学的诗学"（巴卷二：156）。所谓"非社会性"即是说把文学

设想为"对某一意识形态领域的隔离,与意识形态和社会生活的一切别的力量和能量的隔绝"(巴卷二:156)。具体于"奇异化"理论,巴赫金的评价是:"奇异化概念中的消极因素同样也很强烈。在这个概念的最初的定义里,所强调的完全不是用新的积极的结构涵义去丰富词语,而是相反,强调的仅仅是消除旧的东西。由此,由于原来的涵义的丧失,就产生了词语及其所表示的客体的新奇和奇异性。"(巴卷二:187)巴赫金用"虚无主义"为"奇异化"定性:"形式主义的这种消极的虚无主义的倾向体现着所有虚无主义的共同倾向:不给现实增添什么东西,相反,要减少它,使它变得贫乏,阉割它——通过这种途径从现实获得新的和独特的印象。"(巴卷二:189)恐怕包括巴赫金也不会反对,"奇异化"是一种批判性和否定性的思维,但问题是:对日常生活感受习惯以及其中隐含的意识形态要素的批判和否定,难道其最终目的是要"虚无"、"贫乏"和"阉割"生活吗?艺术通过对生活的批判和否定,实现的如果不是取代了生活,那么一定就是丰富了生活,至少说,生活世界被添加了艺术的趣味和形象。巴赫金武断地拒绝了这样的可能:"通过这种途径从现实获得新的和独特的印象。"其根本错误是以虚无主义看待艺术对社会的批判和否定,而这涉及的是一个艺术与社会关系的根本问题:艺术能否对社会发言?如果可以,那么是否只允许以一种肯定的强化的、颂歌式的态度来书写它？由于巴赫金坚持了一种与文学和艺术之史实完全相悖的观点，他忘记了19世纪批判现实主义文学的存在，那么其对什克洛夫斯基的一些具体批判也就不值得详尽地展示和分析了，因为明眼人一看便知，他所批判的什克洛夫斯基根本不是那个提出了"奇异化"理论的什克洛夫斯基，例如，巴赫金指斥"什克洛夫斯基的文章的涵义在于：艺术仅仅是手法"，这"手法总是被置于同涵义、思想、艺术真实、社会内容等相对立的地位"，后者"都是没有的；有的只是纯粹的手法"。（巴卷二：189）在《作为手法的艺术》中，在"奇异化"的概念里，什克洛夫斯基何曾有过这样的想法？！艺术对生活的批判不是虚无主义的批判，不是对生活的全面否定和抛弃，而是为了一个更美好的生活。巴尔扎克对新兴资产阶级的讽刺，托尔斯泰对农奴制的鞭笞，都暗示了一种对新生活的企盼，不能认为他们的讽刺和鞭笞是"虚无"了生活，因为任何否定都预设或包含了某种肯定，例如在尼采信仰虚无主义的背后是对生命价值的张扬。

我们这里不确定巴赫金对什克洛夫斯基的以上批判是否真的代表了巴赫金本人的基本文艺立场，原因是这些批判著述的署名不是巴赫金，而是实有其人的梅德韦杰夫和沃洛希诺夫等，学界至今不清楚他们各自对这些著述的贡献究竟是多少，抑或，它们全部来自巴赫金的手笔，而梅德韦杰夫和沃洛希诺夫只是参与了讨论和修改而已，仅在局部有所贡献。这是一方面。再一方面是，巴赫金对艺术的社会批判所持的拒斥态度，与其"复调"和"狂欢节"理论是大异其趣、大相龃龉的。我们究竟应该相信他对什克洛夫斯基的拒斥呢，还是跟随其"复调"和"狂欢节"理论而对什克洛夫斯基予以接纳呢？读者需要一个首尾连贯的巴赫金。关于"复调"，巴赫金称颂陀思妥耶夫斯基"创造出了世界的一种新的艺术模式；在这个模式中，旧艺术形式中的许多基本因素都得到了根本的改造"，因此"在艺术形式方面"，陀思妥耶夫斯基堪称"最伟大的创新者之一"。而所谓"复调"，其定义是在小说中"有着众多的各自独立而不相融合的声音和意识，由具有充分价值的不同声音组成真正的复调"（巴卷五：4）。我们的问题是：这些声音和意识之间"各自独立"、彼此"不相融合"，难道就意味着"复调"以"一种新的艺术模式"否定了"旧艺术形式"，从而导致了对真实世界的"虚无"处理吗？！说到"狂欢"，如果"在狂欢节进行当中，除了狂欢节的生活以外，谁也没有另一种生活"（巴卷六：8），那么能否说狂欢节将生活贫乏化了，因为所有的生活都变成了狂欢化生活？！

更关键的是，无论"复调"抑或"狂欢化"在巴赫金这里均渗透着对话的精神。对于"复调"的对话性，巴赫金有明确的说法：

"陀思妥耶夫斯基的至关重要的对话性,绝不只是指他的主人公说出的那些表面的、在结构上反映出来的对话。复调小说整个渗透着对活性。小说结构的所有成分之间,都存在着对话关系,也就是说如同对位旋律一样相互对立着。"(巴卷五:55)因为其"小说内部和外部的各部分各成分之间的一切关系,对他来说都带有对话性质",于是可以说,"整个小说"都是被他"当作一个'大型对话'来建构的",而如果考虑到对话向作品每一细部的深入程度,语言、手势、面部表情变化,等等,那么巴赫金认为陀思妥耶夫斯基小说还具有"语言风格特色的'微型对话'"。(巴卷五:56)作为对话的"复调",其核心是各种声音的独立性,并因而所可能产生的对立、斗争和妥协等,简单说,是各种声音之间的基础矛盾性,否则那就是"独白型(单旋律)"(巴卷五:6),与"复调"分属两个世界。

关于狂欢化与对话的关系,巴赫金没有将之直接相连接的说法,不过如果考虑狂欢化的本质特性,即它的非官方性、非教会性、非国家性等,即"被作为对日常(官方)生活制度暂时的超越"(巴卷六:9),那么它也是在官方文化和民间文化之间的一种矛盾对话,而且这种矛盾性的对话,虽然也是对日常规程的背离即凌越日常生活所遵守的那些等级界限、清规戒律,但并不因此而染上虚无主义的色彩:"狂欢节[……]将意识从官方世界观的控制下解放出来，使得有可能按新的方式去看世界；没有恐惧，没有虔诚，彻底批判地，同时也没有虚无主义，而是积极的，因为它揭示了世界的丰富的物质开端、形成和交替，新事物的不可战胜及其永远的胜利，人民的不朽。"（巴卷六：318）对照可以看出，狂欢节也是什克洛夫斯基那种对于生活的"奇异化"。其不同不是性质上的，而仅仅在于其范围：一个是艺术家，一个是全民性的。既然性质上没有什么不同，那么为什么称一者为虚无主义，一者"没有虚无主义"呢？这里巴赫金无法自圆其说。"复调"就更是不言而喻了，虽然其各种声音相互批判和否定，但它们并不因此而被作为"虚无主义"视之。如所周知，对话在巴赫金看来是生产性的，它创造和丰富世界的意义。

三、文学与社会／文化的积极循环

就"奇异化"的理解问题，在什克洛夫斯基和巴赫金两位诗学大家之间进行褒贬，绝非我们的初衷：我们的兴趣绝不限于历史，而是进一步，期冀借由对历史事实的考辨而汲取前人的智慧，以为今天的理论建构服务。

罗曼·雅各布逊多年后（1965年）有一个辩解，说："'形式主义'这种说法造成一种不变的、完美的教条的错觉，这个含糊不清和令人不解的标签，是那些对分析语言的诗歌功能进行诋毁的人提出来的"，而实际上，"逐步探索诗学的内部规律，并没有把诗学与文化和社会实践其它领域的关系等复杂问题排除在调查研究计划之外"。[1]显然，我们以上的论述是赞同这一辩解的。被污名化的"形式主义"不是排斥诗学和诗性与社会、文化、话语和意识形态的联系，而是将其研究集中在将艺术作为手法、"奇异化"、修辞、韵律、文体、结构等方面。这是一个端点。而位处另一端点的则是巴赫金之着力于探究形式的社会动因。两个端点反映了科学研究的一般规律，即科学研究一般总是要分门别类的，如今备受鼓励的所谓"跨学科研究"不过是对两个以上学科的综合运用，仍然有分门别类的基础在。[2]学者们完全可以根据自己的喜好、所长或选择"内部研究"或专注于"外部研究"，

---

[1] 罗·雅各布森：《诗歌语言研究与诗学科学探索》，蔡鸿滨译，载《外国文学评论》1987年第2期。
[2] 一本关于跨学科研究的教科书指出："跨学科性，特别是当其采取工具化的形式时，并非对诸学科的一个拒绝；它牢牢地植根于这些学科之中，然却提供了对于其主导地位的修正。我们需要专业化。但我们也需要跨学科性来拓展我们对于那些复杂问题的理解。"（Allen F. Repko & Rick Szostak, *Interdisciplinary Research: Process and Theory*, 3rd edition, Los Angeles: Sage, 2017, p. 53）跨学科研究以学科为基础，但又是对众多学科的整合使用，两方面缺一不可。

再或者，内外兼攻。

巴赫金对什克洛夫斯基的批判虽然存在脱靶的问题，但难能可贵的是，对于包括"手法"论在内的整个形式主义，他提出"在它本身的基础上加以批判"（巴卷二：343），这潜台词是说，他所信奉的马克思主义文艺学应该将形式主义所关注的问题和研究成果做批判性的转化和使用。他也明确地表示过："对文学和文学之外的现实（意识形态的和其他的现实）的'外在的'和'内在的'东西的辩证理解，是建立真正的马克思主义文学史的必要条件。"（巴卷二：316）巴赫金确乎是做了如所宣示的努力，而且至今仍然能够给予我们思想的营养和启迪。

巴赫金了解，马克思主义与形式主义关于作品结构的意见分歧不在于日常生活能否进入文学，文学创作不可能是毫无内容或材料的内心独白，它无论是作为意向性活动或情感性活动，都有一个客体，一个被纳入意向世界或情感世界的客体。巴赫金认为马克思主义文艺学与形式主义的分歧在于："形式主义者把文学与文学之外的现实（这里讲的是文学性的日常生活）的相互关系说成一者单方面地吞没另一者的关系。他们在承认日常生活可以进入文学、可以'提高到文学事实的高度'的同时，认为它因此不再是日常生活了，它是靠放弃自己的日常生活意义而获得文学结构意义的；日常生活意义被取消了。"（巴卷二：315）与此相反，马克思主义文艺学则坚持："这里完全不发生一种意义被另一种意义代替的情况，而是把一个意义放到另一个意义之上，当然这不是机械的叠放，是给事实的日常生活意义增添文学结构意义。假如事实没有日常生活意义或者在进入文学时失去了它，那么这个事实对文学来说是无用和无益的。"（巴卷二：315）两种观点孰是孰非？这不是一个简单的问题。

如果将一部作品当作一个有机整体，那么在这一整体之内不应当存在不属于它的东西，例如说，人的肌体没有一个多余的组织，而在作为艺术的文学中，作家也不会容许游离、破坏和反对其作品整体性的内容存在，每一措辞，每一比喻，每一意象，每一人物，等等，无不在艺术整体中求得其恰如其分的位置和功能。刘勰《文心雕龙》有"熔裁"之论：所谓"熔"者，"规范本体"；所谓"裁"者，"剪裁浮词"。因而"熔裁"的极致便是"增之一分则太长，减之一分则太短，著粉则太白，施朱则太赤"那样尽善尽美的程度。在一件完美的艺术品里，不允许"骈拇枝指""附赘悬疣"等不相协调的东西。刘勰之谓"熔裁"尽管表面上在作文的层次，但之所以如此，乃是心中高悬了一个"自然"之文的标杆："心生而言立，言立而文明，自然之道也。"（《文心雕龙·原道》）技巧的最高境界就是"自然天成"，有匠心独运而不见机巧。与刘勰的"自然"文艺观颇为相似，德国大文豪歌德把艺术作品视为"自然"和生命体，晚年在与艾克曼的一段谈话中对此有充分的论述。他首先抱怨法国人用"Komposition"这个词来"表达自然界的产品"是不恰当的，然后比较着说："我用一些零件来构成一部机器，对这样一种活动及其结果，我当然可以用 Komposition 这个词。但是如果我想到的是一个活的东西，这个有机的整体的各个部分都贯串着一种共同的灵魂，那么就不能用 Komposition 这个词了。"这是自然或生命与机械的区别，而艺术归属于前者："我们得感谢法国人，是他们给我们送来这个很坏的字眼。我们应该尽快废弃它。怎么能说莫扎特构成他的乐曲《唐璜》呢？构成——仿佛这部乐曲像一块糕点或饼干，用鸡蛋、面粉和白糖掺合起来一搅就成了！它是一种精神的创造物，其中部分和整体都是从同一个精神熔炉中熔铸出来的，而且部分和整体都充满了生命的气息。《唐璜》的作者决不是在做试验和拼凑三合板，也决不是随意行事，而是被他的天才的精灵所支配，听它的命令行事。"[①]艺术不是机械制造，它是有灵有肉的生命创造！与歌德同时代的黑格尔，不是将艺术品作为"自然"/"生命"，而是作为"心灵"的创造，作为"理念"的感性显现，以

---

① 艾克曼：《歌德谈话录》（全译本），洪天富译，南京：译林出版社，2002年，第582页。

此方式，他最终走向美或艺术自成一体的完整性和统一性："美只能是完整的统一，但也是主体的统一。"[1]不过黑格尔仍然使用了一个具有生命暗喻的术语即"生气灌注"来表达这种艺术品的自身完满性。他指出，艺术之所以优于自然，即是由于"心灵所灌注给它的生气"[2]。文论家英加登看到，在文学作品中，其"层级（strata）之间尽管各异其质，但并不因此就妨碍它们作为一个整体的组成部分而相互适应和调整。这样的整体是（人们常常说到它，然却并不十分恰当）有机地建构起来的"。就其本质而言，文学作品实乃"一个内部闭合的整体，或者，毋宁说，也只是在这一整体中，它才能被分辨出来"。整体对于文学作品是如此重要，在英加登的意识里，以至于差不多可以说，没有整体便没有文学作品，便没有作为一个文学作品来认知，以及"作为一个整体来欣赏"。无论如何，文学作品绝非"一个互不相干、胡乱堆放的诸多层的集合"。这种对于文学和艺术的有机结构观，在西方绝非稀有，它甚至就是一个文艺和文艺学的古老传统。英加登语含讥讽地说："对艺术作品这种'有机'结构的言说早已是汗牛充栋，特别是在被活力论、格式塔理论以及狄尔泰所影响

---

[1] 黑格尔：《美学》第一卷，朱光潜译，北京：商务印书馆，2009年，第202页。
[2] 同上，第37页。

的那些圈子里。"①然而，若是从正面去理解，一个观点之所以能够被反复言说，那证明它是不可辩驳的共识或定律，从各种角度都可以见到或者在各个领域都必须被应用。认定文学之为"自然"天成，之为"生命"整体，之为"生气灌注"的"心灵"创造物，虽然并非必然但也极易导向一种封闭的唯美主义艺术观，以为艺术自成体系，与外部世界及其要求无关。例如，朱光潜在翻译黑格尔《美学》时所做的一个笺注就显示了艺术整体观的迷惑性："黑格尔在批判艺术目的在道德教训说的基础上，从辩证的观点提出了他的基本论点：艺术自有内在的目的，即在具体感性形象中显现普遍性的真实，亦即理性与感性的矛盾统一。这是'为艺术而艺术'论。"②虽然此话不是毫无来由，但原则上说，将黑格尔视为"为艺术而艺术"论者实在是一个天大的冤枉。③

判断一种艺术整体观可否归类于"为艺术而艺术"论与是否坚持艺术的有机整体性无关。巴赫金的马克思主义文艺学是持艺

---

① Roman Ingarden, *The Cognition of the Literary Work of Art*, trans. Ruth Ann Crowley & Kenneth R. Olson, Evanston: Northwestern University Press, 1973, p. 73.
② 黑格尔：《美学》第一卷，第69页脚注①。
③ 参见金惠敏：《黑格尔主张"为艺术而艺术"吗？》，载《天津社会科学》2020年第2期。

术之整体观的,在这方面俄国形式主义者亦无不同,他们都承认凡是进入文学世界的都是文学,即文学作品是一个完满的整体。关键是如何看待这一整体之内文学与非文学的关系。在这一点上,巴赫金与形式主义者开始分道扬镳。为方便分析和评论,我们重温一下前面的引文:"形式主义者把文学与文学之外的现实(这里讲的是文学性的日常生活)的相互关系说成一者单方面地吞没另一者的关系。他们在承认日常生活可以进入文学、可以'提高到文学事实的高度'的同时,认为它因此不再是日常生活了,它是靠放弃自己的日常生活意义而获得文学结构意义的;日常生活意义被取消了。"(巴卷二:315)这就是说,在形式主义者,文学之内的全都是文学,文学之内不收留非文学的东西。巴赫金的这段评论是针对形式主义者蒂尼亚诺夫的一个观察:日常生活可以进入文学,并成为文学;当高雅文学衰落而新的文学尚未形成之际,有一种所谓的"艺术日常生活"(即具有艺术趣味的日常生活)便乘虚而入,临时占据了文学的位置,如日常生活中的书信、笑话等。而在高雅文学占据统治地位的时代,同样的家庭书信不过就是实实在在的日常生活，与文学没有关系。①这就好像我们今天讨论的"日常生活审美化"，某些日常生活形式成为风靡一时的美学先锋。

与这一纯粹文学论不同，巴赫金尽管也承认日常生活可以进入文学，成为审美的对象，成为审美的意向客体（英加登），但是在这一文学结构里仍然存在粗粝、原始、顽固不化的日常生活及其含义。我们再来读一遍巴赫金的声明：

> 实际上，这里完全不发生一种意义被另一种意义代替的情况，而是把一个意义放到另一个意义之上，当然这不是机械的叠放。是给事实的日常生活意义增添文学结构意义。假如事实没有日常生活意义或者在进入文学时失去了它，那么这个事实对文学来说是无用和无益的。（巴卷二：315）

---

① 需要说明，巴赫金此处援引蒂尼亚诺夫的文字与他本人所意欲阐发的观点不是十分匹配。蒂尼亚诺夫所言日常生活之跃升为文学，是指日常生活中一些具有艺术要素的文化形式，如家庭通信、讲笑话之类，在高雅文学匮乏时权作为文学的替代品。而巴赫金着意发展的是意识形态、日常生活等原本处在文学之外的东西被作家写进、写成为文学，因而文学之内含有文学之外的东西。

日常生活可以被写入文学，在一个文学结构中获得文学性，日常生活成了文学的日常生活，如前所说，什克洛夫斯基揭示其中的奥秘是"奇异化"，但是巴赫金这里至少有四点超出了什克洛夫斯基、蒂尼亚诺夫和雅克布逊等俄国形式主义者：其一，尽管被纳入文学的有机结构，成为此结构的一个组成部分，但日常生活仍然保留着它在文学之外时的意义，而不肯轻易就"范"，这即是说，文学中一定包含着非文学性的内容，文学绝不等同于纯粹的"文学性"。

进一步说，其二，也许更重要的是，日常生活只有保持它在进入文学之前的存在和意义，其于文学才是有用的和有益的。即是说，非如此，日常生活在文学中便没有其存在的价值。

其三，我们可以从巴赫金如下的论断中推测，日常生活之所以能够在文学结构中同时保持其文学性和非文学性，乃是因为还存在一个文学之外的日常生活与之呼应和互动："当这个日常生活事实[……]处于文学之外时，[其]与文学之间也发生积极的和非常重要的相互影响。因为如果日常生活的这一事实处于文学之外，那么在文学之中会有另一个日常生活的事实，它与头一个事实发生某种相互关系（例如，发生矛盾）。"（巴卷二：315）设若没有文学之外的日常生活，被收入文学之内的日常生活便不可能保持其日常生活的意义，而完全被"文学性"同化、消化和消灭。这样的引申和发挥应该是合情合理的。

　　试想，如果读者完全置身于即被封闭于文学之内的世界里，他们又如何能够辨别和感受到自己就在文学世界里？他们多半就不知道原来还有一个文学之外的世界。例如，乌托邦之所以是乌托邦，乃是因为一个"俗拓邦"（vultopia，自造词）或"狄托邦"（dystopia）的存在，陶渊明的桃花源之所以是落英缤纷的桃花源，同样地，乃是由于一个民不聊生的乱世的存在。什克洛夫斯基没有讲清楚，"奇异化"及其所创造的审美感受实际上是一端连着现实，一端连着文学，在文学和非文学之间做不间断的循环往复运动，审美欣赏据此而得以持续，得以形成"一个经验"（杜威）。"奇异化"是对平庸现实或日常生活的奇异化，而倘使没有这后者，"奇异化"一则将没有对象，陷入"无米之炊"的困境，二则其自身也将难以成就。"奇异化"不仅需要外部现实作为操作的对象，而且它要保持其自身处在一个审美的状态，也必须假定一个外部现实的存在。没有绝对的美或审美，美与不美是相对而言的，二者是要互为前提或条件的。非文学的或者说文学之外的日常生活之于文学世界是如此性命攸关，以至于巴赫金在谈过文学之外的一个日常生活与文学之内的一个日常生活相对应和反应以后，还要特别补充说："文学本身作为文学，既面向整个日常生活，也面向这种具体的日常生活。"（巴卷二：315）这是说，具体于某一部文学作品,既有其所具体描述和叙述的日常生活(如不同的题材和故事),也有这具体的日常生活所处的日常生活整体,它作为环境、背景、氛围,有了这个日常生活整体,当我们阅读未曾经历过的他人的日常生活时,我们也仍然能够体验之、共情之。不同的日常生活之间不是相互绝缘的而是相似、相通的,因而说到审美共同感,其既有主体方面的原因,亦非与客体方面全然无关。需要声明,这个客体不是冰冷和漠然的"自在之物"(康德),而是有温度和态度的"生活世界"(胡塞尔)。

其四,巴赫金不仅将文学性与非文学性在文学之内以及之外并置、共在,也许更意味深长的是,他还揭示了二者相互转化的辩证关系。于此,他从意识形态说起,因为他把意识形态首先作为文学的外部:"艺术作品[……]吸收意识形态环境中的一些成分,把它们接受下来;把另一些成分作为外在的东西而加以摒弃。因此,'外在的'和'内在的'东西在历史过程中辩证地调换了位置,在这种情况下当然并不完全等同。今天对文学来说是外在的东西,是文学外的现实的东西,明天可能作为内在的结构因素进入文学。而今天是文学的东西,明天可能成为文学之外的现实。"(巴卷二:314)关于这一内外转换的辩证法,巴赫金本人没有给出具体的释例。我们试做说明。起先,作家将现实人物和事件提炼进其作品,使之成为文学中的"典型";然后这些人物和事件走进千家万户的生活,即成为他们的文化,成为他们的生活环境。这一过程就是从生活到文学、再到生活的一个辩证过程。以在中国家喻户晓的诸葛亮为例,他首先是历史中的真实人物,然后进入小说《三国演义》,成为"智慧"的一个"典型",再后经过大众的阅读和传播,诸葛亮就不再被认为是一个文学形象,而成为我们身边、我们生活中的某个人、某个具体的人,彷佛活生生的:虚构的诸葛亮成为真实的诸葛亮,更准确言之,文学的诸葛亮成为文化的诸葛亮。凡是成功的文学形象,都有可能成为文化的存在,中外文学中这样的例子不胜枚举,如浮士德、老葛朗台、于连、贾宝玉、华威先生、白毛女等。凝练的诗歌虽然距生活较远,但仍阻挡不住其进入生活的步伐。诗歌嵌入或化入生活的方式当然有很多,或许其中最常见、最突出的是以格言妙语形式为人们所使用,丰富了人们思想和情感的表达方式。写诗可能是文学性的,但用诗则一定是文化性的。

从文学之外到文学之内,再到文学之外,最后是重新回到文学之内,下一轮循环开始。不过,有必要指出,当日常生活被注入文学时,这新一轮的循环就不会是不增不减的重复运动了:文学不仅被日常生活滋养,反过来,日常生活亦被文学丰富。例如,如果可以把《奥德赛》视为文学,而且此文学已经深深嵌进西方人的生活肌理,那么乔伊斯就不只是对荷马史诗直接挪用,而是连同它的接受史、它所处身其中的文化整体一并写入了其小说《尤利西斯》了。这就是巴赫金和克里斯蒂娃所谈论的"互文性"现象。对于"互文性",奥地利学者彼得·齐马将其澄清或分辨为"内部互文性"和"外部互文性":前者是指对一切"其他文学文本"的回应,这属于文学之内的指涉和挪用,后者则指"对非文学的文本和话语"的加工,这种"非文学"包括所有类型的"社会事实",如政治、法律、科学、哲学和商业的社会方言和话语。这也可以叫作"社会文本"。齐马称赞乔伊斯的小说《尤利西斯》是"最伟大的互文实验",包含内外两种互文性:"它在内部首先是对荷马史诗作出反应,但是同时还涉及了莎士比亚、但丁、陀思妥耶夫斯基、易卜生等人的文本。在外部互文性范围内,它采用了几乎所有能够使用的语言形式:从苏格拉底式对话(它构成了某些章节的结构)到托马斯·阿奎那的形而上学"以及商业广告、政治场景,等等。①观察齐马"外部互文性"的构成,其中就有文学的功劳,即是说,文学性也同样能够造成非文学性。齐马从巴赫金那里受惠良多,但反过来看,其内外互文性的划分也是对巴赫金文学之内外辩证法的反哺。

---

① 彼得·齐马:《比较文学导论》,范劲、高晓倩译,合肥:安徽教育出版社,2009年,第71—72页。

巴赫金对什克洛夫斯基有误解、有歪曲，这样做尽管有失学者的职分，学者应该尽量准确地呈现对象的本来面目，但从效果上说，对于推出和突出他作为理论家本人的观点，我们虽感不安，却也不得不承认是大有帮助的，省去了拖泥带水的辨析和解释，让其作为纯粹而非复杂的论敌，即是说，让形式主义与马克思主义形成尖锐和鲜明的对比，以便更有效地烛照出二者的分歧，尤其是巴赫金本人在何处有所超越。

四、黑格尔与艾柯：两点补充

关于文学性与非文学性在文学作品中的关系，以上我们做了以什克洛夫斯基和巴赫金论争为中心的评述，我们这样做的依据是"文学性"理论不仅是俄国形式主义对20世纪文论和美学的重大贡献，而且只要说到这一理论也首先指的是俄国形式主义，二者差不多就成了同义词。再者，"文学性"理论在俄国成型和成熟，也在俄国遭到最极端的排除和最猛烈的批判，这其中，当然，巴赫金的态度不可谓不决绝，火力不可谓不猛烈，言辞不可谓不尖酸刻薄，但这不是巴赫金今天仍然值得研究的原因。巴赫金的独特价值在于他对俄国形式主义的文学性理论的批判中，发展出一个改造和融合了后者之优长的关于文学性和非文学性的辩证法。如前所及，他是在批判对象的基础上展开其理论的。但是，我们也必须意识到，任何理论都不是唯一的，都有其前史，有其不约而同的触碰或缠绵。并不只是为了支持巴赫金，下面我们拟分别从艾柯和黑格尔那里找出两点补充。我们先从当代意大利文论家安贝托·艾柯开始吧！

艾柯曾经区分了两类读者，一是"模范读者"，一是"经验读者"，前者是作者所想象和设定的、能够跟随文本而游历的读者，而后者则是实际的读者，以其个人经历来阅读作品。他批评后者"常将文本作为安放自我情感的容器，这情感或许来自于文本以外的世界，或许经由文本偶然引发"[1]。一句话，这种读者"不是在诠释文本，而是在利用文本"[2]。这种对"模范读者"的膜拜与对"经验读者"的贬抑有其合理之处，谁也不会把莎士比亚读成汤显祖，文本的框架限制了阅读的自由，但是读者视野里的莎士比亚或汤显祖从来不会等同于文本中的莎士比亚或汤显祖。究竟是什么改变了作者在读者中的形象和意义呢？读者的个人经验和知识肯定是其中的一个重要因素，但绝非全部，而且更

---

[1] 安贝托·艾柯：《悠游小说林：艾柯哈佛诺顿演讲集》，黄寤兰译，桂林：广西师范大学出版社，2017年，第15页。

[2] 同上，第17页。

为要命的是，私人的经验无法对接于追求普遍性的文本，即依靠私人经验是无法接近普遍性文本的。这里艾柯其实忽略了"经验读者"总是富有不那么"经验"的普遍性成分。同样，"经验作者"在写作过程中如果不把自己升华为"文本作者"，将同样无法将自身的所思所感传达给"经验读者"。扩大而言，一个时代、一种文化的读者，同样也不能是另一个时代、另一种文化的"模范读者"。以文本为中介或关于文本的交流总是面临双重障碍：对于"模范读者"来说是"经验读者"的私人经验；对于"经验读者"而言，则是"模范读者"所设置的抽象标准。私人经验与抽象标准彼此无法穿透对方。这种不相融贯既出现在作为个体的作者和读者之间，也包含于他们的内部存在，在这内部进行无休止的争斗。事实上，当代读者依然能够读懂古代作者，中国读者也能读懂外国作者，尽管无人能达到符合论程度的读懂。个中原因在于，任何"经验读者"都同时具有"模范读者"的因素，即具备能够超越其私人经验的普遍性经验。"经验作者"亦复如是。没有普遍性，就没有人际交流，就不会有文学的传达和接受。

显然"模范读者"与"经验读者"的划分是一个形而上学的错误，因为实际上并不存在纯粹的"模范读者"或"经验读者"，一切读者都是"间在读者"，兼有模范和经验的性质，兼有思想和身体的性质。但艾柯更大的错误则是，在解释学中，只允许"诠释文本",而劝阻"利用文本",这便隔绝了文学向文化的转移。任何古代文本要想复活在当代就必须接受当代读者的"利用";同理,任何外来文本要想影响本土就必须接受本土读者的"利用"。这"利用"是阅读的一个宿命,任何阅读,任何文化移入,不可能不从自我和本土的经验出发。诚然,人是具有超越自我的反思力和想象力的,但任何反思和想象都是由具体的个体来执行的。躲不掉的东西就要积极面对,而非用一个贬义词将其排除。与艾柯不同,我们愿意将"利用文本"看作文学向文化转移的必由之路。感谢艾柯,他让我们看见了文学阅读和传播的本质,即拉森所指出的人类学性质。

这是我们关于文学性与非文学之辩证法的第一点补充。如果说从艾柯这里,我们做的是反向性证明,即通过驳论而立论,那么下面从黑格尔那里寻找的第二点补充,对于巴赫金,则是正向的支持,但绝非重复。

20世纪60年代以来,黑格尔的"绝对概念"或"绝对理念"受到了后结构主义"绝对差异"或"绝对他者"的质疑和挑战。实际上二者之间并未形成真正的对话,原因是例如德勒兹所追求的"差异"是"自在差异"(la différence en elle-même),是"差异本身"(la différence propre),这种差异绝不进入概念。德勒兹以此批评黑格尔说:"自亚里士多德发轫,中经莱布尼兹,直至黑格尔的差异哲学,其所犯的错误乃是将差异这一概念混同于一个单纯是概念性的差异,为的是心满意足地将差异写进一般概念。然而实际上,只要有人将差异写进一般概念,那他就不会获得任何关于差异的独在性理念,他只能在一个已然被表象中介化的差异那里举步不前。"①这一批评将其与黑格尔之间关于差异的理解表露无遗:黑格尔的差异是概念之内的差异,而德勒兹的差异是概念之外的差异。我们暂不讨论这种区分是否合理,特别是事物自身有无差异,也不追究大千世界能否统统如黑格尔所言纳入其概念或理念,我们目下关心的是在一个文学作品的有机结构中,在一个审美对象之内,是否给差异、异质、非文学性留有余地。这是因为,执着于有无概念或理念之外的差异对于考察文学之内的非文学性存在毫无意义②:文学是观念性的产品,谈论文学的差异因而就必然是谈论文学之内即经过观念所过滤的差异。巴赫金确认了文学内部的差异或非文学性,除了前文的引述

---

① Gilles Deleuze, *Différence et Répétition*, Paris: Presses Universitaires de France, 2011 [1968], p. 41.
② 我们的意思是德勒兹应当全力追问黑格尔被表象中介化的差异是否或在多大程度上仍然为差异,而不应设置一个不进入表象的差异。如此争论,只会各执一端、互不相让,而不会产生积极的成果。

和证明，众所周知，其"复调"于他更是典型性地喻示了小说内部的众声喧哗，而且这些声音并不完全属于文学性的声音。现在我们来看黑格尔是如何看待这一问题的。

在论及审美对象的构成及其方式时，黑格尔指出：

美的客体之各别的方面、部分、环节等，无论其怎样协调成为一个观念性的统一体，并且使之显现出来，这种谐和一致仍然必须如此地显现出来：它们相互之间应当保持其独立自由的样貌，即是说，它们不能像在**概念中那样只是**一个观念性的统一，而必须还能够显现出其独立自主的实在性这一方面。在审美对象里，以下两者必须同时出现：一是由概念所规定的各个方面相互归属的**必然性**，一是这各个方面的**自由性**，其显现出来是因为这些部分自身，而**不只是**为了它们出现于其中的**统一体**。必然性是指各个方面之间依其本质而言相互勾连的关系：有此方面存在，则必有彼方面之设定。这样的必然性固然在审美对象里不可或缺，但它也不应当以必然性的形式而现身，它必须藏身在无心的偶然性现象背后。否则这些特别的实在的部分就会因此而失去它们的位置与其本身的效用，显得只是在服务其观念的统一性，并且对于这一统一性，它们也依然是抽象地服从。①

其一，不出我们的预期，艺术作品或审美对象作为理念而呈现为一个有机"统一体"，既然谓之为"统一体"，那么统一体之内的一切要素都应当归于统一体，否则各有其属、各行其是，便不是统一体。其二，审美对象的统一体不是"概念"的统一体，若是位处于后一种统一体，则其各个部分便必须遵循逻辑的必然性，各安其位，各司其职，不得僭越。这是概念的绝对命令。其三，与概念统一体不同，审美统一体允许其内部各个组件保持其自身的存在，保持其独特的地位和作用。黑格尔这种差异之统一的审美对象观，拒绝了观念性的艺术以及具有观念性特征的对艺术品的强制和强暴，其以之为典范的是"自由"的艺术，即其存在和表现必须是出自其自身的理由，而非屈从于任何外在的力量。看来代表理性主义巅峰的黑格尔哲学也保留了对理性主义的警惕和限制，即是说，不能让理性、逻辑或观念成为凌驾于事实性存在的暴君。审美统一体必须是如马克思所谓的"自由人的联合体"。我们知道，马克思是读过黑格尔《美学》的。在马克思

---

① G. W. F. Hegel, *Vorlesungen über die Ästhetik* I, Frankfurt a. Main: Suhrkamp, 1986, S. 156–157.

那里，审美自由是共产主义理想的一项重要内容。这不是说，如黑格尔所反对的，艺术服务于政治，而是说艺术与政治具有终极上的一致性，前者是概念的必然性，后者是事实的必然性，事实是抵制任何概念化的一种顽强的存在。现在也许是时候重新解读黑格尔"美是理念的感性显现"了："感性"不是"理念"的形式或工具，而"理念"也不是"观念"或逻辑"概念"；在感性的审美对象里蕴含着"自由和无限"，而此"自由和无限"（Freiheit und Unendlichkeit）则是挣脱了"观念"或"概念"束缚的"理念"和"真理"之形态和境界。[①]如果承认在审美对象中存在"自由和无限"，那么回到巴赫金，这也就是说，在"文学性"中或在文学之有机结构中存在着"非文学性"。黑格尔宣布了"观念"统一体的无效，也同时宣告了"审美"统一体的无效，这当然也意味着形式主义或唯美主义的无效。就像观念性"霸权"不存在一样，在艺术品中也不存在"审美性霸权"。

德勒兹未能发现表象内部的"自由和无限"或"同一"之下的"差异"，但他对"自在差异"的执念也不是毫无道理的，因为不是不存在那种"自在差异"，但我们总是处在人类与自然之

[①] G. W. F. Hegel, *Vorlesungen über die Ästhetik* I, Frankfurt a. Main: Suhrkamp, 1986, S. S. 157.

间的关系中，我们更应该考虑这种自在的差异与观念中的差异是如何相互链接的，前者对于后者的作用是什么；具体于文学文本而言，非文学是如何进入文学世界的，外部的非文学性和内部的非文学性之关系如何以及其各自行使哪些职能，等等。显然，本文所主要论及的什克洛夫斯基、巴赫金、德勒兹、黑格尔都对如上问题的解答贡献了各自的智慧，现在应该是择取其善，发展出一个更趋完备的文学性和非文学性关系的辩证法。我们的间在论[①]虽尚欠完善，但也算是朝此方向的一个积极努力。

（此文发表于《艺术广角》2023年第2期）

[①] 参见金惠敏：《间在论与当代文化问题》，载《社会科学战线》2022年第1期。

"文学性"理论与"政治性"挪用：
对韦勒克模式之中国接受的一个批判性考察

阅读提示

在20世纪80年代的中国，作为舶来品的韦勒克模式之所以为学界所青睐，被转换出"内部规律"和"外部规律"，并促成"向内转"这一具有划时代意义的概念的出现，其一方面的原因固然在于被压抑多年的审美需求在突然之间有了可以满足的条件之后的报复性消费，更深层、更具决定性的原因则是整个社会对于人的解放，即对于人的独立性和个体价值的强烈要求，是西方启蒙运动在中国语境的操演和复活，而不受外部制约的、纯粹的"审美"和"文学性"正好完美地体现了这一历史性的要求。对文学之"内部"、之"内部规律"、之"文学性"的追求，乃是对于"其外"的人的主体性追求，文学的"主体性"与人的"主体性"具有本质上的同一性。韦勒克"文学性"模式被"政治性"地挪用于是成为水到渠成、自然而然的事情。但对于坚守"文学性"寸步

> 不移的文学研究者来说，韦勒克模式的这一"中国接受"岂不显得特别反讽吗？！心心念念于"文学性"，势将"文学之内"从"文学之外"独立出来，结果却仍未逃脱被"外部"使用的命运。这当然也是韦勒克模式本身的结构性错误。文学和文学研究其实并不存在内外之分。

在中国，自 1984 年以韦勒克为主要作者的《文学理论》被翻译为汉语之后，文艺学①界便开始奉文学作品的内外之分与文学研究的"外部"和"内部"之别为天之经地之义了。这不是说之前根本就不存在诗内诗外之分，不是说之前就没有谁要求文艺之作为一端应该为另一端的政治服务，没有专家学者对文学做过非文学本体的研究，例如在红学界早有"红外线"与"红内线"之分。我们的意思是，自此而后，文学界便拥有了旗帜鲜明的口号或术语，获得了世界文论的强力支持，凭此而可以坚守审美的独立性和自主性，让文学的城池固若金汤起来。虽属外来之物，读来不免有佶屈聱牙之感，然则韦勒克理论却是迅速地在地化、语境化，结结实实地参与了中国新时期文学的思想解放运动。而

---

① 目前"文艺学"一语在国内主要指文学理论或文艺理论，其本义或来源是"文学学"，包括一切关于文学的研究。因而现在的"文艺学"概念是只取其狭义的用法，仅指文学研究中理论的部分。笔者是狭义广义兼而用之，自信在具体行文中不会造成混乱。

如果说，文学和文学理论是当时思想解放的先声，那么我们也完全有理由郑重地宣告，韦勒克还同样参与了中国新时期的思想启蒙运动。

对于中国新时期文论的形成和发展，韦勒克作为域外学者做出了重大的"历史性"的贡献；但称"历史性"只是言其贡献的一个方面，与许多红极一时的理论风潮不同，另一方面，韦勒克的内外二分模式并未如流星般在天空一划而过，此后便不留任何余痕。韦勒克不是历史的陈迹。恰恰相反，其二分模式至今仍是文学创作和文学研究的金科玉律，甚至也可以说，它已经变成一种"规则无意识"，是"从心所欲（而）不逾（之）矩"，弥散在看似不相联系的种种论辩玄谈之中。例如，对于文论失语症的焦虑，对于"文学终结"于新媒介的哀叹，对于文化研究的非美学指责，对于"美学复兴"在"日常生活审美化"中的期待，对于"没有文学的文学理论"的误解，对于文学阅读中理论介入的拒斥，对于西方阐释学之无效于中国文本的指认，对于"民族文学"和审美民族主义的捍卫，对于网络文学是否为文学的怀疑，以及关于"世界文学"是仅仅意味着越界还是必须作为经典的争论，等等。若是对这些理论事件精细地磨洗辨认起来，可以发现，其中都游荡着韦勒克集大成的内外二分模式的幽灵。韦勒克仍然活跃在中国当代文论之中，尽管未必总以"在场"的方式。

然而，一种观念的流行或根深蒂固并不一定就是其真理性的确证，具体于韦勒克文学和文学研究内外二分观念，其流行或根深蒂固于中国以及西方文艺学界不仅不能证明其正确，反倒是有可能证明它的肤浅、流俗以及自然般的粗粝和原始。我们都知道，人类历史上从不缺乏根深蒂固而又经不起推敲的观念和所谓"陈规陋习"。韦勒克模式，在笔者看来，便属于这样的"陈规陋习"，而我们多数人却习焉不察，乃至于习非成是了。

笔者一直有对韦勒克内外二分理论进行解剖和批判的研究计划，但在实质性地进入这项任务之前，还是需要先做一下外围清理的工作。本文属于这类外围性工作，即暂且不去理会韦勒克模式本身，而是先来考察它在中国语境中的接受情况，考察它是怎样被阐释、被挪用的，从而约略地概括出这一模式所存在的问题。不过，读者若是愿意，也完全可以将本文作为一个有关"文学性"如何被"政治性"挪用的典型案例。而如果了解到这个层次，对于韦勒克和那些同韦勒克一样坚守"文学性"的文学研究者，此案例岂非显得殊为反讽吗？！心心念念于"文学性"，势将"文学之内"从"文学之外"独立出来，结果却仍未逃脱被"外部"使用的命运。这也当然是韦勒克模式本身的结构性错误。文学和文学研究其实并不存在什么内外之分。

一、韦勒克模式与中国 80 年代文学界的思想启蒙

客观地说，韦勒克模式的引入和备受追捧在 20 世纪 80 年代的中国语境具有一定的历史合理性。这一历史语境主要就是对"文化大革命"的反思和批判。中共中央《关于建国以来党的若干历史问题的决议》（以下简称《决议》）曾涉及"文化大革命"形成之深层的历史和文化方面的原因："中国是一个封建历史很长的国家"，因而"长期封建专制主义在思想政治方面的遗毒仍然不是很容易肃清的，种种历史原因又使我们没有能把党内民主和国家政治社会生活的民主加以制度化，法律化，或者虽然制定了法律，却没有应有的权威。这就提供了一种条件，使党的权力过分集中于个人，党内个人专断和个人崇拜现象滋长起来，也就使党和国家难于防止和制止'文化大革命'的发动和发展"①。当历史的原因进入历史事件并左右历史航向的时候，我们也完全能够说，历史的原因便是此一历史之"本"质、文"本"而非仅仅是其"外"因、"外"文本了。而如果说将"文化大革命"从思想文化史角度定性为封建遗毒亦即封建主义之沉渣泛起、之兴风

---

① 中共中央文献室：《关于建国以来党的若干历史问题的决议注释本》，北京：人民出版社，1983 年，第 39 页。

作浪的话，如《决议》所指出的，那么"文化大革命"后思想文化界的任务则一定是"启蒙"和"思想解放"了。以当时的流行语说，此之谓"拨乱反正"。整个社会，各行各业，都需要"拨乱反正"，恢复秩序，返回正道。

当此时代大任之前，文学界人士，包括那些诗化哲学家，虽然不能说是在独力承担，但可以毫不掠美地说，出力最大，用功最勤，影响最广泛也最深入。刘心武、王蒙、戴厚英、刘再复、鲁枢元、朱光潜、李泽厚、周扬、汝信、舒婷等都是当时的启蒙者，都是"思想解放"的斗士，其共同特点就是接续和重申"五四"以来日渐占据知识界，从而占据整个社会生活的资产阶级现代性价值[1]，高扬人的主体性，要求人之于社会的个体性和独立性。在诗人那里，甚至爱的形象也被宣布为不是"攀援的凌霄花"，而是"相依"但又保持"分离"之距离："我必须是你近旁的一

---

[1] 从其来源上看，"自由、民主、平等、博爱"等现代价值毫无疑问是资产阶级的创造，具有资产阶级的属性，然而也不能否认，它们是人类在资本主义时代所创造的优秀思想文化遗产，因而可以在改造后纳入马克思主义和社会主义体系。任何被传承的思想文化遗产通常都是既具有阶级特性，又不乏人类属性，是特殊性和普遍性的结合体。那种完全属于某一阶级的遗产是不能为他人所承继使用的。

株木棉，作为树的形象和你站在一起。"①在文学研究或文艺理论领域，则有对于如今所流行称谓的"审美现代性"的阐扬，其核心思想是审美作为一个独立王国的"自治"或"自主性"。在西方语境下，"审美现代性"是对资本主义"工具理性"的尖锐批判；在中国，它是对政治干预文艺的委婉拒绝，而由于这种干预曾经是假"现实主义"之名，即以被政治化阐释了的"现实"而要求文艺对生活和历史的摹写和叙述，于是可能略显粗暴的"文艺为政治服务"的要求被柔化为仿佛是艺术自身之内在的和自然的需求了②。例如，中国文艺学界就特别坚持文学尤其是诗的"形象性"，因为形象大于思想，形象可以不接受政治观点的紧箍咒。又如，由于特别强调作家的内心世界，"文艺心理学"作为一门学科一度风行，其对文艺"社会"学、"政治"学的补充和对抗自不待言。而于学科性研究的基础上，起先作为文艺心理学家的

---

① 舒婷：《致橡树》，载其《舒婷诗文自选集》，桂林：漓江出版社，1998年，第16–17页。此诗以男女之爱而隐喻人神之爱，或者说，在封建文化传统中，两种爱其实是同一个东西：君为臣纲，夫为妻纲。

② 参见金惠敏：《马克思主义文艺批评论纲》，载《文学评论》1987年第4期，第9–22页。此文明确要求："不能仅仅从认识论角度，把艺术看作是现实的反映，也不能单单从历史唯物主义的角度把现实作政治化的解释，现实可以有更广大的内容，而阶级斗争不过是其中的一个重要方面。"（第22页）

鲁枢元随后更提出"向内转"的概念,其中难掩其对文学镜像反映论的鄙弃以及对创作心理之主体性、能动性和复杂性的崇尚[1]。再如,"文学审美意识形态"论,它审慎地指出审美对于意识形态的某种特殊性进而可能的独立性[2],复如在当年堪谓一时令洛阳纸贵的刘再复的"文学的主体性"理论,其中令人饶有兴味的是其所提出的作家主体与对象主体之间的二律背反现象:"愈有才能的作家,愈能赋予人物以主体能力,他笔下的人物的自主性就愈强,而作家在自己的笔下人物面前,就愈显得无能为力。这样,就发生一种有趣的、作家创造的人物把作家引向自身的意志之外的现象。"[3]悖论的是,作家的主体性恰恰需要通过在创作中放弃其自身的主体性来实现。我们没有必要辩论说,作家这样

---

[1] 参见鲁枢元:《论新时期文学的"向内转"》,载《文艺报》1986年10月18日第42期第3版,以及鲁枢元:《向内转》,载《南方文坛》1999年第3期,第3-5页。

[2] 参见钱中文:《论文学审美意识形态的逻辑起点及其历史生成》,载《文学评论》2007年第1期,第42-53页。此文将"审美意识形态"立论之初衷讲得十分清楚:"多年来由于强调意识形态性而忽视文学本身固有的审美本性,以致在阐释文学本质的时候,不能一开始就把审美特性看作文学本质特性的有机组成部分,而总要把审美特性当作第二位的东西、附属性的东西,致使文学本身变成依附于政治的部门,最终使文学丧失了**自身的独立性与自主性**。"(第51页。黑体引者)

[3] 刘再复:《论文学的主体性》,载《文学评论》1987年第4期(第11-26页),第18页。

的主体性其实并不属于其本人，而是属于其前见和前有，属于他的文化无意识和政治无意识，等等，而这样的主体是不能称其为在支配和决定对象意义上的"主体"的。我们此处意图指出的是，这种对对象主体的突出和坚守具有明显的思想和政治的寓意。如同这里悖论性地经由对作家主体性的解构来建构人的主体性，20世纪80年代对情欲、朦胧、非理性、无意识、测不准、熵定律等边域的狂热追逐，在"文化大革命"后这段特殊的历史时期，反倒令人奇怪地承担着呼唤和重建在西方被批判和抛弃的那个现代主体性，简单说，西方的解构主体理论在中国成了建构主体理论的材料或工具。

提到文学和文艺学在20世纪80年代所扮演的思想启蒙角色，不能不涉及它从美学和哲学那里所获得的支持，而那时美学和哲学的灵感和力量则又主要源于马克思的《1844年经济学哲学手稿》。虽然韦勒克本人似乎对此书并不怎么了解，他在几次专门谈论马克思主义文艺批评的场合均未置一词，又虽则说，尽管该书使用了两个仿佛与韦勒克"内部研究"具有字面关联的概念"内在的尺度"和"美的规律"，然而仔细辨读，二者其实并无多少学理性的联系，又虽则说，解读、阐发该手稿的中国哲学家和美学家也并不十分关注作为文学理论家的韦勒克，但是，这一切都阻挡不了手稿在精神气质上、在理论旨归上与韦勒克"文学"理论的深切关联,因为若是溯源起来,则二者均以康德的"审美自主性"或"审美自由"为其所宗出,当然这也是经过了席勒和其他唯美主义者的中介。而于事实上说,中国哲学家和美学家关于"内在的尺度"和"美的规律"这两个概念的阐释和争执,确乎在根本上为韦勒克"文学"理论登台中国做了最重要的暖场工作。马克思的原话是:"动物只是按照它所属的那个种的尺度和需要来构造,而人却懂得按照任何一个种的尺度来进行生产,并且懂得处处都把固有的尺度运用于对象;因此,人也按照美的规律来构造。"①其中"内在的尺度"是指作为构造者人之本身的尺度,但若是不仅能够模仿对象的尺度,还能结合以自己的尺度,来进行建造(产品),那么在马克思看来,这就是按照"美的规律"进行生产了。显而易见,马克思用"美的规律"来区分和界定人区别于动物的自由自觉的主体性本质,是受了席勒的影响的。我们知道,席勒在其《美育书简》中提出,人只有通过美才能走向自由,或者说,只有在游戏中,人才是自由的。马克思接过席勒的审美理想,但是将其置于历史唯物主义的基础上,即坚持只有

---

① 马克思:《1844年经济学哲学手稿》,北京:人民出版社,2018年,第53页。其中"固有的尺度"在早前流行的版本中被翻译为"内在的尺度"(《马克思恩格斯全集》第42卷,北京:人民出版社,1979年,第97页)或"内在固有的尺度"(马克思:《1844年经济学-哲学手稿》,刘丕坤译,北京:人民出版社,1979年,第51页)。

彻底消灭了资本主义的劳动异化、私有制和经济剥削,这一理想才能够完全实现。因此,"内在的尺度"和"美的规律"的要义在于呼唤一个自由、独立的人类个体。汝信当年先后发表的《人道主义就是修正主义吗?——对人道主义的再认识》和《马克思与美学中的革命》两文,将马克思与韦勒克之间所隐含的内在逻辑关联清晰地展示了出来,尽管两文均未提及韦勒克的名字。汝信在前文一方面称赞席勒《美育书简》对于"人的解放"所做的不可替代的思想史贡献,另一方面则批评其"沉湎于永远不能实现的幻想",惋惜他"始终是在黑暗中摸索",并最终指出:"只有马克思主义才第一次向人类指明通往自由之路,在这个意义说,人道主义的理想只有在马克思主义中才得到真正的实现。"[①]在

[①] 汝信:《人道主义就是修正主义吗?——对人道主义的再认识》,载《人民日报》1980年8月15日第5版(整版)。在关于马克思主义与人道主义的关系上,差不多三年后周扬发表的《关于马克思主义的几个理论问题的探讨》(载《人民日报》1983年3月16日第4-5版)与汝信此文观点颇相一致,但它迅速引爆了一场旷日持久、波及甚广的政治事件。胡乔木的《关于人道主义和异化问题》(1984年)是代表官方对这一问题讨论的收束之作。关于事件过程及相关内幕,可参看卢之超《80年代那场关于人道主义和异化问题的争论》(载《当代中国史研究》1999年第4期,第19-35页)。美学的政治化是那时一个十分突出的现象,但也不是只有那时才会发生的现象。

此，不言而喻，人道主义的核心理念就是"人的解放"，而"人的解放"的标志就是如席勒（汝信同时还提到了卢梭）所描画的审美图景。对此关系，汝信后文在阐释我们前引马克思言及"内在的尺度"和"美的规律"那段话时有更清晰的表述："这样看来，艺术和美的最深刻的根源，应该到人的自由的自觉的生产劳动中去寻找，正是在这种劳动中，人能动地、现实地复制自己，把自己的本质对象化了，并且在他所创造的世界中直观自身。"[①]显然在青年马克思看来，审美劳动是人的劳动的最理想状态或形式，换言之，任何劳动唯其成为审美化的劳动，才能是真正的劳动，而且也唯有共产主义制度才能将资本主义的异化劳动转变为审美劳动。可以认为，对于中国阐释者，进而对于中国文学理论家的理解来说，《1844年经济学哲学手稿》不是一个经济学或哲学的文本，而是一部博大精深的、激进浪漫的美学著作。的确如此，该手稿其时之特殊魅力和号召力主要在于它对共产主义的美学化描述和畅想，而这样的美学理想国本质上又是新时期国人所追求的作为人的理想。原来马克思竟也如此关心人，将"人"憧憬得如此"美学"，将审美的人即将人的全面解放包括感性解

[①] 汝信：《马克思与美学中的革命》，载邢贲思（主编）：《马克思哲学思想研究》（第127–146页），上海：上海人民出版社，1983年，第135页。

放当作他所为之奋斗的共产主义的目标内容！新时期初年或者说整个80年代，应该说，中国没有哲学，如果有的话，那就是美学。不错，哲学界早有关于"实践是检验真理的唯一标准"的大讨论，但在那个年代，"真理"不是别的，"真理"就是美学，"实践"不是别的，"实践"就是遵循"美的规律"的构造。需要声明，此处说的不是"后结构"或"后真相"。有目共睹，美学和以审美为宗旨的文学与文学理论僭越性地承担了哲学的主要功能。

如果要在韦勒克模式和马克思的审美理想之间做一比较的话，那么可以说，在中国人的语境性接受中，马克思提出了一个遥远的理想，而韦勒克则提供了通向这一理想的"文学性"路径；进一步，马克思走出了席勒的审美乌托邦，而韦勒克则陶醉在这一乌托邦之中，幻想以乌托邦的方式进入乌托邦的世界，是"审美救赎"而非暴力革命。最后，尽管不是十分清醒地自我意识到，然则中国学者也是在实际上将韦勒克模式作为一种审美武器而试图以之打开人的解放、人的主体性和人的尊严之路的。在这种对"文学性"和"审美"的整体使用中，文学和文学研究的内外之分已显得无足轻重。

二、文学规律的内外之争与"小特殊性"和"大特殊性"之辩

跟随韦勒克文学和文学研究内外有别的理论范式,中国学者创造性地转换出"外部规律"和"内部规律"的新概念。例如,刘再复将当时文学研究发展的一个新动向描述为"由外到内",具体言之,就是"由着重考察文学的外部规律向深入研究文学的内在规律转移。我们过去的文学研究,主要侧重于外部规律,即文学与经济基础以及上层建筑中其他意识形态之间的关系,例如文学与政治的关系,文学与社会生活的关系,作家的世界观与创作方法等,近年来研究的重心已转移到内部规律,即研究文学本身的审美特点,文学内部各要素的相互联系,文学各种门类自身的结构方式和运动规律等等,总之,是回复到自身"[①]。鲁枢元则是自创"向内转"概念,不仅用它囊括了刘再复所勾画的文学研究这一"由内到外"的新动向,而且涵盖更其广大的文学创作领域。他的意思是,整个文学界都在进行着"由外到内"的转向运动:"如果对中国当代文坛稍微做一些认真的考查,我们就会

[①] 刘再复:《文学研究思维空间的拓展:近年来我国文学研究的若干发展动态》,载《读书》1985年第2期(第3-14页),第5页。

惊异地发现：一种文学上的'向内转'，竟然在我们八十年代的社会主义中国显现出一种自身自发、难以遏止的趋势。我们差不多可以从近年来任何一种较为新鲜、因而也必然是存有争议的文学现象中找到它的存在。"①鲁枢元认为，刘再复本人的文章《论文学主体性》由于"显示了文学理论向着文学内部的勇敢的探索，显示了中国当代文学对于文学自身的认识的深化"②，因此也是可以归类为一种"向内转"现象的。显然，这属于"一种文学理论研究中的'向内转'"③现象。在此，鲁枢元所谓的文学之"内"指的就是刘再复所谓的文学之"内部规律"，于是其"向内转"说的便是后者所捕捉到的文学研究由外部规律向内部规律的转移。

再如，为韦勒克、沃伦《文学理论》撰写"中译本前言"，也就是说对该著内容十分熟稔且应是具有同情式理解的王春元，在其随后发表的一篇文章中批评国内文学研究的停滞和落后，他认定主要原因是研究者无休止地重复文学的"意识形态性""上

---

① 鲁枢元：《论新时期文学的'向内转'》，载《文艺报》1986年10月18日第42期第3版。
② 同上。
③ 同上。

层建筑性"和"阶级性"等普遍性概念,尊其为"万灵公式",放之四海而皆准,而对于文学之作为"语言艺术的独特性",对于其"审美属性"或"审美特性"则漠然置之、不起研究之念。王春元在此文中进一步说,相对于韦勒克对文学和文学研究严格的内部外部之分,中国学界基本上颇为"内外不分,似乎是浑然天成",但其一严重的后果则是"抹去了内部规律的合法地位,剥夺了审美特性的存在权利,以外部规律取代了文学的内部规律"①。当代中国文学史专家洪子诚指出:"文学研究'内部'与'外部'的区分,和转向'内部研究'的趋势与当时欧美的'新批评'、俄国的'形式主义'的引进,特别是韦勒克、沃伦的《文学理论》中译本的出版(1984年11月,北京:生活·读书·新知三联书店,刘象愚、邢培明、陈圣生、李泽民译。第一次印刷发行三万四千册,很快脱销)有关。"②

其时中国学者放弃韦勒克"外部研究"和"内部研究"这种新近舶来的术语,而代之以更富于中国特色马克思主义意味的"外

---

① 王春元:《文学的外部规律和内部规律》,载《文艺报》1986年8月16日第33期第3版。
② 洪子诚:《中国当代文学史》(修订版),北京:北京大学出版社,2007年,第202页,注②。

部规律"和"内部规律",当然属于顺理成章、合情合理的借鉴和发展,不显任何突兀、违和,似乎二者之间完全可以画上等号。对此,王春元的一段话可算是一个完美的注脚:"韦勒克和沃伦合著的《文学理论》就是以'外部规律'的研究和'内部规律'的研究来构成全书的主体理论框架的。它虽然并不低估社会、作家传记、心理学、哲学以及其他艺术样式对文学的影响,却认为这些学科与文学的关系是'外部关系',而运用这些学科的方法进行文学研究,都是'外部研究',即文学的外部规律的研究。只有以作品为本体,进行文学作品的存在方式、谐音、节奏、格律、意象、隐喻、象征、神话、文学类型等等的剖析和研究,才是文学的'内部研究',即文学的内部规律的研究。"① 在韦勒克和沃伦的"外部研究"和"内部研究"与他本人及其他中国学者的"外部规律"和"内部规律"之间,王春元分别都画上了中国式的等号"即"。对此,一般读者应不起疑。但仔细品读当时各种有关论述,还是可以体味到这种术语的变换被赋予了更加强烈的思想政治意味和意图,即"启蒙"和"思想解放"的指意和意向:如果说"外部"表示无关、表面,"内部"表示有关、本

---

① 王春元:《文学的外部规律和内部规律》,载《文艺报》1986年8月16日第33期第3版。

质，文学和文学研究应该转入其有关和本质，不应当在无关和本质之外逡巡不前，那么将"研究"更换为"规律"则是进一步地明确了"外部"对于"内部"的约制、抑制、钳制、压制等。我们知道，"规律"总是包含着强制和服从的成分，而宣布用"内部规律"取代"外部规律"，也便是宣布文学和文学研究从政治的殖民和暴政之下"特殊"出来、独立出来、解放出来。

或者，殊途同归的是，扩大政治的容量和胸怀，将文艺的特殊性和特殊规律包含进来，例如王春元从列宁《党的组织和党的文学》及其他相关文献中解读出文学的党性原则除了包括文学必须成为总体革命事业的一部分、必须为亿万劳动人民服务等不言而喻的含义，还应包括"必须充分估计到文学艺术的特殊性"[1]这一似乎例外的要求。在他看来，尊重文艺的特殊性也就是尊重"文艺的特殊规律"，就是"尊重艺术科学的客观规律"[2]。此处他大约没有意识到，或者意识到了却不情愿指出，尽管尊重艺术的特殊性和特殊规律也可以是将艺术作为一种特殊的方式而为党的事业、为政治服务，这犹

---

[1] 王春元：《文学事业与党的组织》，载其《审美之窗》（第216—241页），北京：人民文学出版社，1995年，第234页。

[2] 王春元：《文学事业与党的组织》，载其《审美之窗》（第216—241页），北京：人民文学出版社，1995年，第241页。

如说，"形象思维"与"概念思维"之不同仅仅在于其思维的方式或思维所使用的器具，而就"思维"本身而言，二者并无实质不同，即是说，二者可以作为"思维"而分头完成该"思维"所下达的任务，但这是被普遍性划入其版图、从而成为其臣民的特殊性，成为确证其威权无处不在的"小特殊性"，而非逸出此普遍性的、不屈不挠地坚持其自身存在的、不接受剪裁和整合的"大特殊性"[1]。需要注意，这两种特殊性并不属于两个独立存在的事物，而是同一事物的两个方面：小特殊性是其"显现"的方面，而"大特殊性"是其不显现或有待显现的方面。

---

[1] 这里关于"小特殊性"和"大特殊性"的区别有拉康"小他者"和"大他者"之分的知识来源，但它们并不完全等同。"大特殊性"包括"无意识"所同时具有的弗洛伊德和拉康二人所赋予的意义，即凡是不能进入意识并付诸符号体系的一切均称"大特殊性"，它近似"独在"（singularity），但只有它一半的含义，即是说，它既"独在"，也具有趋向"显在"的本性。"小特殊性"部分地实现了"大特殊性"出显的本性，即出显为话语的那一小部分，因而它可以在一定程度上被整合进某种符号体系，但也有可能在它背后拖着或隐藏着一个桀骜不驯的"大特殊性"。可以说，"小特殊性"与"大特殊性"虽有区别，但不存在断裂，而是延伸。所以即便显得乖巧的"小特殊性"有时也可能不见容于多疑的宏大叙事。就其联系而言，"小特殊性"即普遍性；而就其区别而言，"小特殊"是普遍性的内奸。"小特殊性"总是处在变化之中，一是由于"大特殊性"在其后的驱动，二是由于它必须修补"大特殊性"带给它的与普遍性之间的新的裂缝，以重新获得最佳之表接。

王春元将文学的"小特殊性"纳入意识形态的宏大普遍性，这种做法也是正统马克思主义文艺学的基本做法。如陈涌所说，"从马克思主义观点看，文艺同时具备着与其他社会意识形态共同的本质、共同的规律和文艺自身的特殊的本质、特殊的规律"①。但陈涌担心有人"借口文艺的特殊性来排斥文艺的社会意识形态属性"②，也就是说担心那原本应该位于普遍性之下的"小特殊性"膨胀为不接受"社会意识形态属性"约制，并可能挑战这一归属的"大特殊性"，担心因大谈文艺的"内部规律"而可能产生的对"外部规律"的冷落甚至排斥，滑入"内部规律至上论"或者"唯内部规律论"。这种潜在的危险，陈涌在其批评生涯早期即有所警惕："资产阶级是注意文艺特征问题的……他们把文艺的特征神秘化，好像这是不可捉摸的东西。把文艺的特征神秘化，**扩大文艺的特殊性**，就必然会达到反对文艺应该成为工人阶级事业的一部分，反对文艺工作应该受党的领导和监督的结论……"③

---

① 陈涌：《文艺学方法论问题》，载《红旗》1986年第8期（第21-32页），第21页。
② 同上，第22页。
③ 陈涌：《关于文学艺术特征的一些问题》，载《文艺报》1956年第9号（第33-37页），第33页。黑体引加。此文后来收入《陇上学人文存：陈涌卷》（第3-16页），郭国昌编选，兰州：甘肃人民出版社，2015年。此文的主旨是要求重视文艺的特殊性和特殊规律，反对在理论批评领域貌似有马克思主义依据的庸俗社会学。

与胡风等人（以当时的定论来说）的做法相反，陈涌则坚持："文学艺术没有绝对的独立性，只有相对的独立性；文学艺术没有绝对独立的历史，只有相对独立的历史；文艺的审美特点也不可能是绝对独立的。"①因此在陈涌看来，政治、经济、现实等对文艺创作的制约和决定性作用，亦即是说，党对文艺工作的领导和监督，"不但不是什么'外部规律'，相反的，正好是文学艺术的最根本最深刻的内部规律"②。他清醒地意识到，他本人与刘再复、王春元等人的争执，"整个问题就在于普遍和特殊的结合"③，更明白地说，在于怎样去理解、阐释和摆正普遍与特殊这两者之间的关系。尽管他从来都是强调文艺特殊性的，然而于一个基本原则他却是毫不动摇、坚守如初，即"特殊性"必须服从"普遍性"，"内部规律"必须服从"外部规律"。唯有在不违背这一总体原则的情况下，方可给予文艺的特殊性和所谓"内部规律"即特殊规律以一定的尊重。

如果不做任何政治评判，我们倒是可以客观地指出，陈涌对"大特殊性"或"特殊性"膨胀之担心绝非什么杞人忧天或神经

---

① 陈涌：《文艺学方法论问题》，载《红旗》1986年第8期（第21—32页），第25页。
② 同上，第23页。
③ 同上。

过敏，因为确乎有理论是将文学作为一种意识形态形式而向那些一贯被仰之为更权威、更具支配权的其他意识形态形式要求平等和独立地位的，如王春元时有表露的："作为意识形态的一种，文学与其它意识形态有着共同点，即它的意识形态性。文学与其它意识形态是平等的，独立的，它并不象陈涌同志所说的那样只是政治经济的存在形式，它与政治是平列的，同样是上层建筑，同样受制约于经济基础，只有互为影响的关系，并不存在谁决定谁的问题。"①我们称王春元"时有"如此，意思是说，他并非每时每地都是如此，例如紧接这一引文的前面，他还在说："文学作为一门独立的学科来看，它的本质决定于普遍规律（社会规律）与审美规律的结合。"②一会儿和陈涌说着一样的话语"结合"，一会儿又要求"独立"，王春元的文学观是否难以自圆其说呢？须知，关于20世纪80年代中后期围绕着文艺外部规律和内部规律的诸多争论，理论批评家们可能心照不宣的是，他们不是在讨论对于文艺的"小特殊性"要不要宽容和接纳，而是对于其"大特殊性"要不要予以警惕和防范。争论各方当都有这样的知识，

---

① 王春元：《文学的外部规律和内部规律》，载《文艺报》1986年8月16日第33期第3版。
② 同上。

即社会主义文学家也有可能像批评现实主义作家例如巴尔扎克那样，为了艺术的特殊规律而突破其先在的意识形态规训和定见。洞悉了这一秘密，如上的疑问当是涣然冰释：陈涌和王春元虽然都在主张文学的本质是其普遍性与特殊性的"结合"，然则其"结合"有不同之所谓：前者谈的是"小特殊性"，后者还意图"大特殊性"，而这在前者绝对是要阻止和禁绝的，当然，后者也绝对不会满足于做普遍性的王国里的"小特殊性"，虽则得到了"特殊"的地位，但仍在特殊的服务性位置而无独立和尊严可言。

结　语

说了以上这些话，相信读者从中已经看出，我们无意在刘再复、王春元、鲁枢元等人与陈涌之间选边站队。我们不介入文艺政治问题。此处我们意欲指出的是当年韦勒克模式之所以为人所青睐，被转换出"外部规律"和"外部规律"，促成了"向内转"这一具有划时代意义的提法的出现，其一方面的原因固然在于被压抑多年的审美需求突然之间有了可以满足的条件之后的报复性消费，更深层、更具决定性的原因则是整个社会对于人的解放即对于人的独立性和个体价值的强烈要求，是西方启蒙运动在中国语境的借用和复活，而不受外部制约的、纯粹的"审美"和"文学性"正好完美地体现了这一历史性的要求。对文学之"内部"、之"内部规律"、之"文学性"的追求，乃是对于"其外"的人的主体性的追求，文学的"主体性"与人的"主体性"具有本质上的同一性。在全国第四次文代会为文艺解除了其为政治服务的重任之后，文学创作自然因之繁荣起来，但文学理论和文学研究界并未将其研究力量统统部署在"内部研究"上。"内部研究"一直不温不火，而"外部研究"倒是一浪接着一浪，不断掀起新的高潮。这从一个方面说明，失去政治鼓舞和赋能的"内部研究"在中国存在难以为继的问题。"内部研究"的繁荣需要"外部研究"的推动。现在回头来看，"内部研究"当年的真正作用并非要人钻进内部、研究内部，而是将其作为一种理论话语，号召回到人之"内部"；它假定，只有这个"内部"才属于人自身，而"外部"则只能是对人的扭曲和强暴。浅近地说，"内部研究"最终被谈成了"外部"的问题，成了"外部研究"的问题。

　　基于以上认识，我们并不抱怨具有革命意义的启蒙压倒了理论本身的探求，但事实的确是，对于文学和文学研究的内与外的讨论，由于更紧迫的历史任务，我们当时没有、后来也未能进行沉潜性的、哲学性的思考。在赞成"外部研究"不会被等同于要求文艺为政治服务，偏爱"内部研究"也不必然就等于主张改革开放和自由民主的今天，即是说，在解除了政治对理论的捆绑之后，冷静、客观地探讨文学和文学研究的内与外问题可谓适逢其时。不错，哲学常常是政治的注脚，但并非每每如此；应该承认，有些哲学可以是对世界的客观认识和描述。感谢时代，我们能够倾覆韦勒克模式而水波不兴。

（此文完稿于 2020 年 9 月 20 日，成都望江，发表于《贵州社会科学》2020 年第 11 期）

阐释的政治学
从"没有文学的文学理论"谈起[①]

阅读提示

张江教授近年提出的强制阐释论和公共阐释论是新世纪文论界最重要的思想事件之一,是从文学出发并最终越出了文学领地,从而不再仅仅赋有文学意义,更兼社会政治喻指和冲击力的理论命题,堪称文学介入现实的典范,属于"没有文学的文学理论",是全球化时代独树一帜的中国声音和话语:有后殖民抵抗的意趣,但更显中国之参与全球治理的气派。作为此二论之增补,本文批判性地引入尼采"事实即阐释"的观点、哈贝马斯的"交往理性"、汤普森所主张的"社会阐释"以及孔子"和而不同"的理念,廓清了真理、共识、阐释、

[①] 2017年8月20日,中国社会科学出版社在北京举办"公共阐释论"学术研讨会。笔者有幸受邀参会并做发言。本文是对原始发言稿的整理和扩写。

理性和交往行为之间复杂而微妙的关系，揭示了话语性真理或交往理性的合法性与局限性。最后提醒，在理性共识之外还有非理性共感的存在。

我在21世纪初年提出过一种描述文学理论在20世纪变化的说法，谓之"没有文学的文学理论"[1]，招致文学业内人士长盛不衰的误解和曲解。其实我的意思再简单不过了，就是文学理论研究从文学实践中总结出一些基本的命题，而这些命题不是要完全回到文学领域中去，如帮助研究者和批评家去认识文学作品，而是越出文学领域，运用到广大的社会领域中，进行社会批评。我们已经接受了对文学的社会研究，我们也应当有胸怀、有眼界容纳对社会的文学研究。实际上，文学与社会之间没有不可逾越的鸿沟。文学理论对社会的作用不必绕道作家的创作与批评家的解读，而是完全可以直接介入社会，形成美学的社会研究。在整个社会愈益文本化、符号化、图像化、创意化的今天，我们尤应倡导一种文学的或美学的社会分析和批判。

张江教授的强制阐释论，私以为，就属于"没有文学的文学理论"的一个范本。对于使用理论进行文本阐释来说，强制阐释是

---

[1] 金惠敏：《没有文学的文学理论》，载《文艺理论与批评》2004年第3期。

一切阐释的宿命，在劫难逃。所谓"道可道，非常道"就是这个意思，因为言说总是外在于言说的对象，两者符合、重叠的情况几乎没有。一般在哪里最容易发生强制阐释呢？显然是在文学领域。这是由文学本身的性质所决定的。诗用形象思维，"情者文之经"（刘勰），"美是理念的感性显现"（黑格尔），要"更加**莎士比亚化**"而非"**席勒式**地把个人变成时代精神的单纯的传声筒"（马克思），"作者的见解越隐蔽，对艺术作品来说就越好"（恩格斯），爰有"诗无达诂""反对阐释""以意逆志"以及文本的"不确定性"和"开放性"之说：这些都是我们耳熟能详、倒背如流的文学基本知识了。简言之，**文学是不透明的**。强制阐释论最能切中文学阐释的要害，因而也可以说它是一个尽显文学特色的理论命题。这一命题，固然一方面提醒我们要以更加审美的方式体近文学作品本身，去抚摸它，吸嗅它，倾听它，而不是用理论去骚扰它，击打它，强制它，更重要的一个方面则是它表达了曾经作为半殖民地的中国之抗争的声音，具有后殖民的抵抗性质，即反对用西方理论或曰"东方主义"（萨义德）来阐释中国经验，坚持以中国特色社会主义理论来解决中国的实际问题。中华民族伟大复兴，不仅需要物质力量的支撑，也需要精神力量的支撑，需要一个"自信"（于道路、理论、制度、文化）的确立和加强，需要我们对于自己的话语的自信。文化成住于"自信"，坏空于"自弃"和"盲从"。凡文化，必有"自信"；无"自信"，则无文化。我们都知道认同与区隔在当代文化部落形成中的决定性作用，而认同与区隔在本质上便是自信。在其核心的意义上，文化即文化自信，反之亦然：文化自信即文化。强制阐释尖锐化了阐释者与被阐释者之间的对立，并在此对立中同时图画了前者恣意的蛮横与后者顽强的存在。**强制阐释是文学自主对文化自信的跨界召唤！**越出文学解释学这一学科疆域，在政治上，强制阐释从否定的方面突出地肯定了"自信"之于中国重新崛起的无意识心理价值和文化/战略意义。可以说，强制阐释是21世纪以来文学理论对当代政治的最大贡献。

张江教授新近提出的公共阐释要求我们以公共性的视角来看待一切阐释行为，其意在证实阐释的确定性。这也就是说，阐释的确定性是建立在公共性或共识的基础上的。这是否有违公共阐释的初衷，即导致作为公共阐释之批评靶子的主观随意阐释和扩大而言的社会"意见"（柏拉图）状态即流俗之见呢？或者说，建立在公众意见、社会舆论、众声喧嚣之基础上的公共阐释会不会流于如今所谓的"后真相"（post-truth）呢？"一切理性不过是我们以为的理性"[①]，哈贝马斯如是说。但这绝非意味着，理

---

① 这句话是2017年11月6日下午哈贝马斯在其家宅与中国社会科学院代表团对谈时所说的，时笔者有幸在场聆听并做有笔记。

性不可信任，而是揭示了理性的一种实存状态：理性总在意见中寄托自身，借助意见而具身化，而显现出来。我们常常深信不疑的理性其实只是它在某一时空节点上的展露。确有"纯粹理性"，如数学公式、几何图形等，但一旦我们将这些纯粹理性施之于我们的行动，则永远是境遇性的，因而也是相对的，具有相对的真理性。

哈贝马斯深知理性的有限性："何为理性，是由我们的标准决定的，而我们的标准又来自我们的语境。这里有一个关键词——'我们的'。但是，如果总是说理性是'我们的'的话，那它就不能被称为正确的东西。因此，必须有人从其他不同的地方过来，与你进行交流、协商甚至提出质疑，如此才能逐步确定下来，否则总是'我们的'观点，其正确性是令人怀疑的。"[1]对理性的社会化即公共阐释的有限性，张江教授也是有充分意识的："必须指出，经由公共理性所得出的公共阐释的结果，未必就是真理。随着历史、文化及人类认识的不断进步，阐释的标准、阐释的结果或形成的共识是不断变化、不断进步的，它们不可能固定在一个时代或一个历史阶段，变成一种声音，永远地传递下去。当然，那些不可被证伪或未被证伪的公共阐释的结果，可以进入人类知

---

[1] 张江、哈贝马斯：《关于公共阐释的对话》，载《学术月刊》2018年第5期，第10页。

识系统,传及后人。但是,这种知识总是伴随着历史的进步而不断得到修正的。"①如前所及,不是说不能设想某种纯粹理性的存在②,而是说,"纯粹理性原本上就是一种体现在交往行为关系与生活世界结构之内的理性"③。纯粹理性总是寄身于其不纯粹之中,总是出显为每一个情境化的意向性行为,如特定的话语、意识形态、战略部署以及油盐酱醋、婚丧嫁娶之类的日常生活实践,由此哈贝马斯甚而同意谢林的一个观点:失误、犯罪和欺骗不是没有理性,而是**被颠倒的**理性的外观形式。④这也就是说,正在使用中的理性,即真实状态的理性,只能是相对的、片面的、局域的乃至文化上的(如作为多元文化主义基石的族群理性),既不能完全信实于事,亦不能充分信赖于人,是矛盾和纷争乃至战争的祸根。

---

① 张江、哈贝马斯:《关于公共阐释的对话》,载《学术月刊》2018年第5期,第10页。
② 凡思维必为抽象。"形象思维"不过是将形象作为符号的思维,仍然归属于抽象思维。过去文艺学界所以为的形象思维与抽象思维的对立其实仅仅存在于其思维所凭借的介质不同,从而其所呈现出来的面貌亦不相同。强调文艺的形象性并不能有效地守卫文艺的自主性,不能有效抵御外部权力的干涉。
③ Jürgen Habermas, *Der philosophische Discurs der Moderne*, Frankfurt a. Main: Suhrkamp, 1996, S. 374.
④ Vgl. ebd., S. 377.

哈贝马斯指出，一种理性若想成为可信托的理性，不能是返回纯粹理性，而是要现实地引入其他理性，让各路理性相互言说、相互倾听，从而相互理解，并最终达成共识。理性的前途在于"交往理性"，在于进入"主体间性"。理性本身或许不可期待，但"交往理性"是可见、可实行、可结出丰硕果实的。或许可以这么认为，理性本身在哈贝马斯看来并不重要，重要的是理性能够以一种适宜的方式实现，即是说，让理性在"交往理性"中实现自身。"交往理性"虽非理性本身，但它仍然是我们所能够得到的最完美的理性。共识的价值即在于此：尽管共识不是真理，然而它是真理在某时某地最充分的现身，人们从而可以在实践中协调一致，通达和谐、和平、和美的境界。而果若此，理性、真理这类抽象的东西，究竟于我何有哉？！也许有人批评哈贝马斯放弃了对纯粹理性的追求，但可以辩护的是，"交往理性"本身即包括了理性，是人类对理性的实践。没有"理性"，则"交往"何以可能？！则"共识"何以可能？！在此意义上，交往实即理性！这当然也包括了话语层面的"交往"：中国人认为"真理越辩越明"，海德格尔甚至直截了当地说，在古高地德语中，争辩（Aus-einander-setzung）即实事（Sache），即真理。①理性、真理都是一种话语，是一种交互话语。单一的话语也是理性，但它是片面的理性；交互话语虽也难说就是十全十美的理性，但它至少比独一的话语多了一重理性，多了一重亮光，从而能够更多地烛照出理性，而这在实用的意义上也就达成了固执于自身之话语所不可能获得的和解与包容。"交往理性"的本质是对话，而对话无论是否关于真理，都的确是有用的：对话不是零和游戏，我益人损，或人益我损，对话是合作共赢、各有增益。

坚持真理的话语性与理性的实用性，并不必然导致对真理和理性的工具化和实用（主义）化。在尼采那里，海德格尔发现，虽然事实被作为阐释、真理被作为评价，但这种阐释和评价是与生命本身连为一体的，是生命的欲求和表达："真实的本质从始源上看就在于这样的'视之为坚实而牢靠'。但这一'视之为如此'（Dafürnemhen）绝非什么随随便便的举动，而是为着保障生命本身得以持续的必然的行为。作为对一种生命**条件**的认知和

---

① 参见马丁·海德格尔：《尼采》，孙周兴译，北京：商务印书馆，2003年，上卷，第1页，注①。将"争辩"引入对"实事"的界定深刻地揭示了"实事"或真理的主观性（但并非随意性）。这种做法可以说是非常"尼采"的，如海德格尔所概括的，对尼采而言，"**真理在本质上乃一种价值评估**"。（Martin Heidegger, *Nietzsche, erster Band*, Frankfurt a. Main: Vittoria Klostermann, 1996, S. 492）

设定，该行为具有价值设定和价值评估的特征。"[1]与尼采近似，海德格尔本人也是相信话语或言说的真理性内涵的。一方面，他认为，"就其有所意谓观之，每一言说都是**向他人和与他人**之言说"[2]，因而"言说作为此在经由共在的存在方式在本质上就是**共享**（*Mitteilung*）"[3]，即是说，每一言说都是在话语层级上的相互取予；但另一方面，每一言说又不止是话语性事件，不是结构主义所以为的无物之词和自我指涉，而是言有所指、意有所向、心有所寄，即"言说作为在世之在首先是关于某物的言说；每一言说都有其**所关涉的对象**（*Worüber*）"[4]。综合言之，"共享赋有相与言说（Miteinanderreden）某物的蕴涵，因而在一种真正被理解的意义上，相与言说者首先和原初上都依傍于同一事物"[5]。哈贝马斯没有如海德格尔这样将语言纳入事物之中的本体论，即以"澄明""解蔽"代替认识、呈现的举措，也就是说，不动声

---

[1] Martin Heidegger, *Nietzsche*, erster Band, Frankfurt a. Main: Victoria Klostermann, 1996, S. 492.

[2] Martin Heidegger, *Prolegomena zur Geschichte des Zeitbegriffs*, Frankfurt a. Main: Vittoria Klostermann, 1979, S. 362.

[3] Ebd.

[4] Ebd..

[5] Ebd., S. 363.

色地将传统的语言符合论改造为语言本体论①,但在其所开具的能够使"交往理性"顺利实现的四项条件即真理、真诚、正当、可理解②之中,对言说的真理性要求始终居于核心位置,而正当、真诚与可理解则是保障真理得以传达的主客观因素,是仆从性的。

---

① 看起来海德格尔说的是"言之有物",而实际上则是"言之入物",从而传统真理论的言物符合或言物分离变成了言物交融,构成胡塞尔和哈贝马斯意义上的"生活世界"。于此,可参考安乐哲的简明解说:"对于海德格尔来说,关于存在(Being)的语言不应该是严格意义上的命题性语言。这种语言所表达的真理不能看作实在与现象之间的对应,或者看作一个逻辑上前后一致之情景里的命题的连贯性。真理aletheia,即'揭示'、'揭露'——这个观念不适合事实本体论,但最适合思考'存在与此在'(beings)之区别的企图。"(安乐哲:《和而不同:比较哲学与中西会通》,温海明编,北京:北京大学出版社,2002年,第53页)

② 关于这四项要求,哈贝马斯有一集中的说明:"言说者必须选择一种**可理解的**表达,以便言说者与听者能够**相互理解**;言说者必须有意图去传达**真实**的命题内容,以便听者能够**分享**言说者之**知识**;言说者必须想要真诚地表达其意向,以便听者能够**相信**言说者之表达(能够信任他);最后,言说者必须选择一种依据现存规范和价值堪称**正当**的表达,以便听者能够接受这种表达,由此言说者与听者双方能够在一种与公认的规范背景相关联的表达中**相互达成一致**。"(Jürgen Habermas, "Was heißt Universalpragmatik?", in: Karl-Otto Apel[Hg.], *Sprachpragmatik und Philosophie*, Frankfurt a. Maim: Suhrkamp, 1982 [1976], S. 176) 简化地说,这四项有效性要求就是"可理解性(Verständlichkeit)、真实性(Wahrheit)、真诚性(Wahrhaftigkeit)和正当性(Richtigkeit)"(Ebd.)。

真理或对真理的求索将诸多主体团聚在一起，使交往充满意义并得以持续。反之，如他在批判德里达解构论时所警告的，各种言说或阐释，"一旦被切断其与中心光源的联系，将变得凌乱不堪"①。此处所谓"中心光源"（konzentrierenden Lichtquelle）②即解释学所意欲的目标之物：或实物，或信以为（实）物。因此，交往理性不是空洞的话语漫舞，而是言之有物以及言之有诚、有义、有道（规范）和根子上的交往有自（来源、根基）等。交往行为，在其现实性上，在其最质朴的意义上，乃"说者与听者当面就世上之**某物**（etwas）相互沟通"③，并由此而进入（形成）"其共同拥有的生活世界"④。哈贝马斯一再强调，交往是媒介，而重要的是交往这一媒介所承载的内容。

共识在交往理性中形成，或者说，共识以交往理性为基础，甚或说，二者是可以相互解释的。这也就要求共识必须完全依循

---

① Jürgen Habermas, *Der philosophische Discurs der Moderne*, Frankfurt a. Main: Suhrkamp, 1996, S. 217.

② "中心光源"原指犹太教和基督教传统中"一个隐蔽的、超越尘世的上帝"，哈贝马斯转喻文本解释学的意义目标（Ebd., S. 216-217）。如果没有什么需要解释，又何以需要什么解释学呢？！千真万确，"中心光源"是一切解释得以进行的动力。

③ Ebd., S. 348. 黑体引加。

④ Ebd. 就其成因和性质而言，哈贝马斯的"生活世界"类似于巴赫金的"事件"概念。

交往理性的精神原则：第一，共识必须是多种视点、多种理性的表接；第二，共识必须能够协调介入交往活动的多种理性、多种主体所代表的多种物质性利益。反过来说：共识不能是独识，不能是一种理念的排他性存在；共识也不能是空洞无物、画饼充饥，共识必须随时能够兑现。落实在政治上，共识不能是专制独裁及其意识形态，也不能是谎言和欺骗。对于前者，哈贝马斯有提示说："共识虽然客观上可以是强制的结果，但倘使**明显**通过外部影响或运用暴力而实现，则主观上不会**视其为**共识。共识以共同的信念为基础。"①作为"共同的**信念**"，共识必须是非强制性的彼此之间心悦诚服而达成的。

公共阐释也是一种共识，是对文本或广义而言的社会文本的为多数人所承认和遵从的认识。因而，交往理性对共识的原则性要求也同样适用于公共阐释。这即是说，公共阐释必须是各种不同之**阐释理性**的勾连和协商，是多声部的而非独白式的阐释，是星丛性而非金字塔式的阐释共同体。简言之，公共阐释不是话语的强制阐释，而是基于真理的协商性阐释。

在这一意义上，英国社会学家约翰·汤普森提议用"社会阐

---

① Jürgen Habermas, *Theorie des Kommunikativen Handelns,* Band 1, *Handlungsrationalität und gesellschaftliche Rationalisierung,* Frankfurt a. Main : Suhrkamp, 1981, S. 387.

释"增补"公共阐释",因为他认为,社会空间充满了许许多多的阐释,它们彼此不同,相互冲突,为各自的利益所驱动。要想在这样的阐释之间达成**完全的**"共识",难于徒步登天。在面对"公共阐释"所隐含的对"共识"的假定时,汤普森坦承:"有时,共识是让我感到不安的一个术语。我们经常假定每个人都同意,但事实上,很多人都不同意。有时候即便他们表面上同意,但实际上并不同意。因此,我们生活在一个分歧非常普遍的世界,我们必须学会接受分歧。"[1]在政治体制中,当然可以用简单多数的方式解决分歧,即少数服从多数;但在哲学上,我们是否可以不把"共识"作为绝对的同一,而是作为各种分歧之间的共在和链接呢?理性一度让人联想到酷刑、暴政、独断、绝育、总体化等,哈贝马斯却以"交往理性"即在理性内部解决,那么,如果"共识"让我们紧张,感受到专制的压力和恐怖,我们是否也可以仿照哈贝马斯的做法,不是谴责它、清除它,而是修正它、更新它,使之焕发出新的积极的力量呢?其实,孔夫子早已为我们预备好了答案:"小人同而不和,君子和而不同。"在如下的意义上,这种"和而不同"的观念将绝对优于黑格尔那种囊括和溶解了一切

---

[1] 张江、约翰·汤普森:《公共阐释还是社会阐释——张江与约翰·汤普森的对话》,载《学术研究》2017年第11期,第15页。

差异和冲突的整体性，以及霍克海默和阿多诺将"理性的他者"[1]粗暴地塞入其中的"综合理性"（komprehensive Vernunft）[2]：依据"和而不同"的观念，差异外在于整体，具有自身的独立存在，而整体不过是差异间性、他者间性，即各种差异和他者之间所结成的动态关系；但若是依据黑格尔等人，差异则内在于整体，被融化为整体的一个部分，而不再是其自身。如果有人争辩，认为二者所谈论的无非都是同一、统一之类的问题，那么我们的回应是：在孔子，"同"是"和同"，是彼此应和之"同"/"通"，因此也可以说，"同"即"和"，"同"的要义在于"和"；相反，在黑格尔等人，"同"是"雷同"（类同），是在其中差异、他者被逻辑地粉碎和再整合之"同"，是绝对的同一。按照孔子的区分原则，前者为君子之"同"，后者为小人之"同"。"郁郁乎文哉！吾从周。"不过也必须指出，"和"被极端化，即如果过分地强调"和"，将之作为人生、社会、政治的最高境界之后，真理将会被遮蔽，个性将会被压抑，社会将会被桎梏——这

---

[1] "理性的他者是自然、人类身体、幻想、欲望和感觉——或者毋宁说，是理性所无法据为己有的一切。"这是哈贝马斯引自其他学者的话（Vgl. Jürgen Habermas, *Der philosophische Discurs der Moderne*, Frankfurt a. Main: Suhrkamp, 1996, S. 357）。

[2] Vgl. ebd., S. 355.

样的"和"与黑格尔致力"和解"的理念论其实已相距不远了。西方学者安乐哲等人所张举的作为中国文化特征的"关联性思维"（correlative thinking），虽然它并不假定"一个展现统一性、整体性和/或完整性的有着单一秩序的世界"[①]，似乎认可多重宇宙（cosmos）的存在，但它仍不能保证或允诺一个比西方整体论更加自由和民主的社会，其原因即在于此。可以理解，哲学王如孔子的理想与世俗君王（即便奉孔子为至圣先师）的理制还是有所不同的，在后者，不是"同"变成了"和"，而是"和"变成了"同"。

公共阐释所要处理的再一个难题是：个人体验如何是公共的？普遍认为个人体验具有不可言传的性质，但是文学作品就是努力去言说那些不可言说的东西。这里言说成为一种媒介，它不等于模糊的感觉世界，但人们可以借着它通达感觉世界。每一首诗，每一种文学文本，之所以成为经典，是因为它能够成为读者进入感觉世界的通道。每一种文学经典文本都是人类情感的模型，打开就是了！这样的经典越多，说明我们的情感世界越丰富。文学本质上是情感的符号。符号性就是它的公共性。

[①] 安乐哲：《和而不同：比较哲学与中西会通》，温海明编，北京：北京大学出版社，2002年，第72页。关于"关联性思维"概念的历史，参见该书第59页注①。

但是，不借助语言而可传达的感性体验也同样能够达到公共性。例如，一种声音，一种气味，一种颜色，一种味觉，不经语言的阐释和传达就可能实现共享，从而形成体验共同体。在这个意义上，叔本华说过，音乐是意志的直接表达。于是，我们可能会发现，歌声比歌词更能击中人的情感神经。在歌唱中，歌声是第一位的，歌词是第二位的，有时甚至可有可无，其有之价值大约仅仅在于使声音有所着落罢了。这可以解释何以许多粗劣乏味的歌词一经歌唱便优美动听起来，因为优美动听的歌声使听者暂时忘却了歌词的粗劣乏味。歌声显然可以形成一种情感共同体，然而这种共同体的形成并不特别需要经由其歌词部分，因为乐声不是文字可转译的，如当代乐评人李皖先生所坚持的："声音是不可解读的"，"声音不是语言系统"，"声音不是思想，不是语言，不可转换为思想、意识、语言体系。它就是那个东西：声音"[①]。这当然不是对乐声的神秘化和孤独化，而只是表明在感觉层面上亦有"交往行为"的发生，质言之，在"交往理性"之外还存在着"交往感性"。如果熟悉康德不经概念却普遍有效

[①] 李皖：《丁薇在〈松绑〉里的声音角色及其隐喻》，载《2018 听觉文化与声音研究：新问题新现象学术讨论会论文集》，南开大学文学院和《探索与争鸣》杂志社编，2018 年 11 月，第 51 页。

的"共同感",对此处"交往感性"的假说亦当不会有违和之感。

交流具有多种途径,岂唯语言一途?!"共识"绝不限于理性及其显形于语言之"识",现实中也存在着大量的非理性之"共享"的事例。公共阐释论的目标在共识,既然条条大路通罗马,又何必计较究竟是哪条道路之通向共识呢?!何况,"共感"还有可能较之于"共识"更深厚、更持久和更有力呢!

非语言或者非理性之交往及其共识,准确地说,"共通""共感"或"共情",其间当然仍有"识"的成分,当是一个更复杂因而也更有吸引力、更值得投入的问题,然限于本文之布局,只能就此打住,期待有机会再作申论。

(此文原载《学术研究》2019年第1期,收入本书时略有改动)

消费时代的社会美学
学科蓝图及其文化语境

> **阅读提示**　　美学的沉寂是一个不争的国际事实。美学的复兴当在于积极回应当代社会的变迁。由于审美现代派的巨大影响，"美学"一直处在与"社会"的生死对抗之中。而今，由于以"物符"为标志的"消费社会"的到来，原本便具有文化向度的"社会"就变得显在的"文化"化了。它是符号化的，同时也是美学化的，这种符号－美学借助无所不及的商品逻辑和电子媒介取得了空前的社会化，于是一个普遍的"美学社会"已赫然在目。作为一种理论概念，"社会美学"因着这一新颖的现实而终于浮出思想史的地表。

能否用"社会美学"这一概念来描述当代社会或文化的变迁并因之而至的美学转型？这是一个令人迟疑不决的问题。我们遇到的最大困难尚不是理论上的，即这一概念能否贴切地表征现实的真实，而是语义上的，"社会"和"美学"两个术语先已被赋予了沉重的历史语义。

先说"社会"。它似乎早已是人老珠黄了，且俗不可耐。在意识形态层面上，它被规定为"阶级"及其角力场，意味着由经济基础和上层建筑所形构的既抽象又物质化的某种实体，一个看不见但又穿不破的网状结构。在学术层面，它不仅是研究方法，一切对象都要放置于被如此规定好了的语义中阐释，其也是研究对象和价值归宿。这简单地说就是：社会地研究社会，以期改造社会而不只是解释社会。对于斗转星移了的当代现实而言，这一传统定义即使本身说不上什么错误，也是有所不逮而需要修正或丰富的；况且，与其是否正确可能毫无关联的是，一个用语是有自己的生命周期的，令其走向生命尽头的常常不是与不断移动着的对象的错位，而是在传达人们对这变化着的对象新的情感态度时所显出的无能。深层地追询，术语概念原本就是我们主观的意识现象，其中固然有现实，但在此现实已转变为观念的存在，或简言之，就是观念。

再说"美学"。在中国，"美学"已沉寂多年。20世纪80年代它曾经是思想解放运动的报晓雄鸡，划破黎明前的黑暗；曾经是哲学社会科学乐队的第一小提琴手，引领时代精神的主旋律。这都是过去的辉煌了。如今一个美学学者通常就是用来表征何为

"迂腐"、何为"井蛙"、何为"弱智"①、何为"无用"这种无人能够承担的恶谥的。"美学"盛况不再，因而任何形式的触及都只能是枯荷秋雨，徒添当下的凄凉。国际美学界的情况也不见得多妙。近代以来的学科分工一方面使美学在其内部取得了不少精深的成果，另一方面它则成了少数人圈子里的自娱自乐。美学自然应当是一门快乐的学科，但问题在于它只是自娱而不是他娱，即引不起局外人的任何兴趣。"美学"自绝于"社会"，其结果于是也就是"美学"为"社会"所抛弃了。

一、"美学"反对"社会"

或许更为复杂的是"美学"与现代性在理论和历史上的重重缠结。由康德所奠基的审美现代性即"自由美"（freie Schönheit）对于"依附美"（anhängende Schönheit）的优先性，换言之，对审美自主性的高扬，曾经在席勒那里，在英国浪漫主

---

① 说"美学"即"弱智"是对德国哲学家沃尔夫将审美归为"低级认识能力"的观点的通俗演绎。"美学之父"鲍姆加登创立"美学"学科，意在将"感性"这一"低级认识能力"提升为哲学的研究对象，使其与"理性"具有同等价值。现今美学之退回"弱智"真是有负祖宗基业。

义诗人那里，在青年马克思那里，最后是在 20 世纪现代主义文学那里，演变为对资本主义生产本质和社会罪恶的批判。一个谬传甚广的观点是，这种批判属于与启蒙现代性相对立的审美现代性，其主要特点可简单地表述为：如果说前者是理性或理性主义的，那么后者则是感性或感性主义的。其实并不存在什么两种现代性，"启蒙理性"原本就包含着"审美现代性"；启蒙思想家的理性话语不仅不排除感性的艺术，还给予艺术自主性以深刻的理论支持。理性不在与感性相平行和对立的层次上，毋宁说，在现代性框架之内，它超越了通常意义上理性与感性的对立而成为独立"自由"的主体性。这就是康德在美学上标榜"自由美"的原因，那是对于一个主体性原则的贯彻。所谓"审美现代性"即文艺上的现代主义，其矛头所向绝非以主体性为主导价值的现代性，恰恰相反，它以一种特殊的方式重新肯定了这一现代性理想。现代主义不变的主题是个人与社会的冲突。而正是"启蒙现代性"对个人自由的合"理"化，酿成了现代主义者与社会相遇的精神苦难。在对这苦难的倾诉和对造成这苦难之原因的揭露中，审美现代派所渴望的仍然是现代性所倡导的个体自由或个体主义。他们高扬审美的大旗，向社会发起一次次绝望而悲壮的冲锋。这情景给人的错觉就是"审美现代性"，似乎审美的事业就是颠覆现代社会的价值核心即"现代性"。

问题的复杂性在于，第一，个体自由天然地具有审美性，但文艺不是它唯一的表现领域，它同样或许更广泛地表现在对于个人之社会权利的要求上，如女权主义、同性恋运动所极端地表现的那样。第二，"现代性"话语无法覆盖自文艺复兴以来的社会现代化进程，现代主义的社会批判不单是一种现代性批判，其意义要远为永恒和丰富。第三，个体自由与社会规范的冲突亘古就有，而"启蒙现代性"赋予这对立的双方以理论的同一性即主体性原则。第四，审美主体性只有精神的实践性，而不存在社会的实践性。主体性原则一旦被付诸社会建构，就必然发生各种变形以至于走向它本身的对立面。第五，在这一意义上，如果说有"审美现代性"的话，那也只是现代性在精神上的自我反思、自我调节，其目的是回到真正的即原初的现代性。第六，由于这种"审美现代性"并不在根本上否定现代性，甚至是以现代性为其反思的亮光，那么其反思的重心则倾向于与理论一极相对立的社会实践一极的现代性。因而如果说"审美现代性"话语对于我们仍有意义的话，那就是它以表象性的概括所突显的美对现代社会的精神批判。

法兰克福学派正是这样一个理论上的审美现代派，"美学"在他们手上就是"社会—批判"。阿多诺将艺术规定为"社会的"，而它之所以能够承当起"社会—批判"之职能则恰在它的非社会性或反社会性，即康德唯美主义所一直强调的"自主性"：

> 更确切地说，艺术是通过其与社会的对立性位置而成为社会性的，那一位置是惟在艺术作为自主之物时才能取得。不是去遵从现存的社会规范，也不是把自身修造得"于社会有用"，而是将自身凝结成一自在的本体，艺术由此而恃其纯粹之存在批判社会……①

阿多诺看得分明，唯美主义的"自律性"与批判理论所要求的社会性不仅不相矛盾，倒是郁郁葱葱地相生相发。原因是，艺术通过对"自主性"的诉求而形成一种特殊的身份，凝聚为一种独立的生命或力量。没有艺术自身的出现，何谈艺术的功用？自律性使艺术诞生了，也使其社会功用的发挥成为可能。

美学在强大的"审美现代性"观念中被定格为对社会可行使批判职能的一极。站在那一极点上，它可以指点江山、粪土世俗的荣光，引导芸芸众生走出沉沦的幽谷，向着完满的人性攀进。如果说艺术从前靠着神性的力量，那么在现代它则自视为在一个

---

① Theodor W. Adorno, *Ästhetische Theorie*, hrsg. von Gretel Adorno und Rolf Tiedeman, Frankfurt am Main: Suhrkamp, 2000, S. 335.

去魅化的世界里唯一的神明。

由是说来,在现代性语境中,除了其联系性的意义,不管这联系性如何地被建构、被述说,"社会"一词又新添了另外一重暗示,它往往被看作鄙俗、市侩、平庸、刻板、权力、规范、服从、愚昧等或近或远的同义语;即使中性一点,它也是一堆没有灵性的物质,有待于美学的点化和提升。这就是说,凡是社会的,就不是美学的;而凡是美学的,也就一定不是社会的。美学与社会被区分为两个截然不同的世界。这甚至会体现为同一作家内在的精神分裂症人格,如恩格斯在歌德身上所发现的"天才诗人"与魏玛朝臣两种身份之间的斗争:"前者厌恶周围环境的鄙俗气,而后者却不得不对这种鄙俗气妥协,迁就。"[1]在人类可知的历史上根本就没有过美学与社会的统一,要说有,恐怕只是存在于柏拉图的"理想国"、五柳先生的"桃花源"以及青年马克思所想的共产主义乌托邦,但是所有这些都是先已假定了美学与社会之间具有不可调和的矛盾和对立关系的。

既然美学与社会于事实上总处在对抗之中,且现代性理论又一直在强化这种对抗关系,如阿多诺所言,"艺术惟因着其社会

---

[1] 恩格斯:《诗歌和散文中的德国社会主义》,《马克思恩格斯全集》第4卷,北京:人民出版社,1965年,第256页。

抵抗能力才得以生存"[1]，那么企图在美学与社会之间寻找统一并建构所谓"社会美学"将必然面临一个逻辑的困境，就好像说有"黑的白"和"白的黑"一样令人匪夷所思。但是，"社会"的、"美学"的或者就是"社会美学"的逻辑并非如此简单，现代性理论也不能作为"社会美学"的唯一逻辑。最深刻的原因是，"美学"与"社会"本身的发展以及它们在概念上的相应的变化正在使之一步步地逸出现代性逻辑，于是一个"社会美学"的新逻辑在对现代性逻辑的扬弃中，也正冉冉地升起于美学和哲学的历史地平线。

二、"社会美学"与"艺术"无关

溯"社会美学"之渊源，人们是极容易就会想到英国社会学家迈克·费瑟斯通的那个名篇《日常生活审美化》（"The

---

[1] Theodor W. Adorno, *Ästhetische Theorie*, hrsg. von Gretel Adorno und Rolf Tiedeman, Frankfurt am Main: Suhrkamp, 2000, S. 335.

Aestheticization of Everyday Life")[1]的。"日常生活审美化"作为一个概念应含有三重意义：其一是指20世纪在一些先锋派那里出现的纯粹艺术的日常生活化的趋向，如马塞尔·杜尚对"现成品"的呈现，如安迪·瓦侯对商品世界的复制，再如行为艺术的即兴表演，等等。费瑟斯通提醒："达达主义、超现实主义以及先锋派的许多策略和艺术技巧，已为消费文化中的广告和大众媒介所吸收。"[2]其二是指将生活转化为艺术作品的谋划。费瑟斯通提到的例子有布鲁姆斯伯里集团、唯美主义作家佩特和王尔德、倡导生活审美化的福柯及其所标举的波德莱尔的"花花公子，他把自己的身体，把他的行为，把他的感受和激情，他的不折不扣的存在，全都变成艺术品"[3]。对这一类的审美化人生，

---

[1] 此文最先发表于1988年4月在美国新奥尔良召开的"通俗文化协会大会"，同年9月和10月又在不同场合被宣读和讨论，后收入 Mike Featherstone, *Consumer Culture and Postmodernism*, London: Sage, 1991, pp. 65–82。中文版翻译为《日常生活的审美呈现》（见迈克·费瑟斯通：《消费文化与后现代主义》，刘精明译，南京：译林出版社，2000年，第94页），似不如"日常生活审美化"一译简洁有力。下文为着分析的需要，有时也称"日常生活的审美化"。

[2] 迈克·费瑟斯通：《消费文化与后现代主义》，刘精明译，南京：译林出版社，2000年，第96页。译文略有改动，下同。

[3] 福柯：《什么是启蒙？》，见迈克·费瑟斯通：《消费文化与后现代主义》，刘精明译，南京：译林出版社，2000年，第97页。

我们中国人恐怕是再熟悉不过的了，它就是一直为我们所称道的古代文人士大夫别具情致的生活方式，如"采菊东篱下，悠然见南山""绿蚁新醅酒，红泥小火炉""孤舟蓑笠翁，独钓寒江雪"，甚至有以生命作赌注的祢衡的"击鼓骂曹"，等等，都是将生活提升到艺术化的境界。如费瑟斯通认为，这些"应该与一般意义上的大众消费、对新品味与新感觉的追求、对标新立异的生活方式的建构（它构成了消费文化之核心）联系起来"①。

严格说来，以上两重意思都不是我们"社会美学"的题中应有之义，甚至在某种程度上是必须从中清理出去的或者至少需要与之划清界线的东西；而且即使在他本人所开辟的理路上也是似是而非的说法：表面上的"似是"与内在里的"而非"。在"日常生活的审美化"这一短语中，"日常生活"是审美地呈现和审美地提升的对象。这样的解释当然十分贴切地概括了先锋艺术对日常现实的挪用和审美主义者对人生的净化。或许对费瑟斯通尤其具有诱惑力的是，两种趋向都试图在对艺术与生活之历史鸿沟的假定或承认中予以弥合，仿佛前者是将艺术拉近生活，后者是将生活提升为艺术。实际的效果是，艺术与日常生活的距离并未

---

① 迈克·费瑟斯通：《消费文化与后现代主义》，刘精明译，南京：译林出版社，2000年，第98页。

因此而缩短多少；恰恰相反，它们的一切努力都只是再次提醒：艺术与生活相互间实际上不可逾越和混淆。杜尚的"现成品"艺术、瓦侯的丝网印制品看起来似乎是向日常生活的靠近、趋同，但另一方面也未尝不可以说它源自一种绝对的艺术自信，也就是说，在这充满了风险的、与日常生活的肉搏中他们深信艺术必然能够最终胜出。他们反艺术的作为因而就有向日常生活炫耀艺术霸权的意味。有批评家早就指出："越仔细研究美国的波普艺术，越觉得它不象是对群众文化的赞扬，甚至也不象是反群众文化的运动。相反的，通俗的艺术形象被当作一种借口，当作一种手段，以便躲在后面偷偷地接近深奥的哲学问题。艺术家们在被询问的时候，所谈的总是对事物的观察方式，而不愿谈实际被看到的事物。广告、招牌、连环漫画以及诸如此类的东西吸引力在于形象是'给定'出来的，形象是凭白无故地就在那儿，没有必要多惹麻烦去重新创造。"[①]日常形象并不特别重要，它尽可以无限制地"波普"下去，而波普艺术家的意图则是教导人们如何特别地看待这些司空见惯的形象。俄国形式主义的"陌生化"即创造对于日常事物的新异感仍是他们的绝密武器，由此他们的艺术感觉

[①] 爱德华·卢西-史密斯：《1945年以后的现代视觉艺术》，陈麦译，上海：上海人民美术出版社，1997年，第137-138页。

和哲学理念就显得尤为重要。可以大胆地断言，在背后支持波普艺术家的依旧是与他们的先辈一样的精英主义理念，对生活的表面上的讨好掩饰不住其英雄欺世的嫌疑。艺术家的艺术永远是精英主义的，"审美"是绝无什么"现代性"的，它一贯就是那反日常、反社会的桀骜不驯的姿态。在艺术史自身的发展路线上谈论日常生活的"审美化"或"审美呈现"注定一无所获；也许更糟糕的是，如果将"日常生活"作为刻板、平庸或工具理性的同义语，那么"日常生活的审美化"立刻就会一反费瑟斯通之初衷，恰恰变成该命题的反题，即那所谓的"审美现代性"。

费瑟斯通当然谙熟"审美现代性"并对它保持高度之戒备，但非常不幸的是，在其所赋予的"日常生活审美化"的第二重意义上，他再次跌落进"审美现代性"的陷阱。他所称举的福柯等几个范例不仅不能支持后现代社会学的"日常生活的审美化"，而且每一个都在公然地反对它。王尔德、福柯这类人都是些自命不凡的才子，对他们而言，"日常生活的审美化"不是对日常生活的抵抗就是对它的逃离，因为日常生活本身毫无审美价值可言，唯有将"日常生活"彻底地锻造成"非常生活"，它才可能是"审美生活"。如果说波普艺术家还有胆量与"日常生活"短兵相接的话，那么对王尔德等来说则是艺术与日常生活离得越远越好，它最好就是一个自足的独立王国。

不过王尔德还是有社会使命感的,他曾多次宣称通过艺术改造社会的抱负,因而他之远离生活就只是实现其入世抱负的一种策略,即由此而获得社会批判所必需的审美距离和立场。这多少有些像庄子所做的,通过"出世"而"入世",通过"无用"而"有用"。对此,"社会美学"愿意表示敬意和理解。但旨趣不同的是,"社会美学"不在艺术及艺术史自身的范围内说话。诚然它也谈论美学,但是其兴趣并不在于艺术的自主性及其迂回的批判战术。与"日常生活审美化"的前两重意义相对应,它要关心的,是"美学的社会化",即美学积极地参与社会建构,以致使社会在某种程度上成了美学。

三、"社会"即"文化"

"社会"怎么就能够变成"美学"?"物质"怎么能够变成"精神"?这不是在为唯心主义引幡招魂吧?其实在"美学"与"社会"之间并不存在不可逾越的鸿沟,问题只在于我们应当如何去理解"社会"这一关键词。从前的界定在其本身的语境内也许至今看来都是有效的,但老实说对解决这里的问题不会产生什么实质性的帮助。在此我们必须进行一场重大的视点转换,否则就看不到其新的意义维度。

传统上"社会"被界定为人们相互间所结成的各种关系；马克思主义则更深入一步地将此关系描述为物质的或利益的关系与为此关系所决定的意识形态及其操演。《共产党宣言》那一大气磅礴的起首语，"迄今为止一切社会的历史都是阶级斗争的历史"，又在另一角度宣告了马克思主义的社会观。人类的历史不过是一个个社会形态的更迭，即历史是动态的社会，而反过来说，社会是历史的理论定格，因此马克思主义关于历史的宣言也就可以理解为它对"社会"的定义：作为关系的社会实质上即阶级及其表现为斗争的阶级关系。将社会定义为阶级斗争与定义为物质利益关系并不矛盾，因为阶级无非就是不同的利益集团，其形成和发展反映着生产力和生产关系的变动。一个完整的马克思主义的"社会"定义，就是活动在一定的经济基础之上的被划分为阶级的人群与保证此活动得以进行的意识形态及意识形态机器。

由于这一定义致力一个具体的革命性目标，重在唤醒被剥削被压迫者的阶级意识，所以其特色就是它深刻的政治经济学，为此政治经济学所赋予的意味和视点。但是当被问及一个矛盾重重、危机四伏的"社会"何以未致立即分崩离析，例如，一个资本主义社会何以仍然充满经济活力，而且在某些方面还创造了人类"文明"的范例时，我们就需要转向"社会"之如何被组织、被建构的积极意义方面了。马克思主义的回答是"意识形态"，尽管它本质上属于统治阶级，实际上却是为所有的阶级所认同。这就是说，是意识形态拯救了"社会"，社会之成为社会，在于其沟通、协调和团结。

既然一种意识形态被认为是某一阶级的却同时为全社会所拥有，那么它就不能再是单一属性的而具有普遍的意义。葛兰西曾提出"霸权"概念，似乎揭示的是统治阶级通过与被统治阶级的协商、谈判甚至对后者做出部分让步而重新确认其统治地位，实际上在另一方面却是暗示一种全民意识形态的可能性以及仅以阶级视点观察社会的某种不确当性。"霸权"概念是自我解构的，而对于我们来说重要的是，这一自我解构性意味着迫切需要从意识形态对社会的狭隘视域中解放出来。感谢葛兰西，其自我解构的"霸权"概念使我们想到了一个更高级别的概念，即"文化"。说它是更高级别的，是因为它不仅包含了"霸权"的阶级性，而且允许一个阶级的"霸权"与其他阶级的对话性共享关系。"霸权"当然仍活跃在"文化"之内，甚至活跃在作为意指实践的文化的各个层面上，但是与英国文化研究由此而对意识形态斗争无处不在的强调不同，我们想指出的是"文化"的霸权性力量，即文化对社会整体的构建作用。其愈是被证实无处不在，就愈是说明了文化之介入社会的强劲、细密和深邃，以至于我们无法再辨识何为社会以及何为文化了。就文化对社会的建构而言，文化本来就是社会。不能设想一个先于文化的社会，或者一个先于社会的文化，在它们之间就不存在孰先孰后的问题。文化与社会相携而生，即一方面是文化建构了社会，可以说没有文化的建构就不会有社会的形成，另一方面文化也同时在其建构社会这一活动中成就自身，在此文化绝非某一观念的现实化，那是一种唯心主义的说法，而是一种人类学意义上的劳动。由此而论，我们惯常所接受的那一经典命题"劳动创造了人本身"其实就是一个十分粗糙的说法了，因为"劳动"是从"生产"（"制造工具"）开始的，也就是说"生产""劳动"一定是为"人"所界定、为"人"所独有，没有"人"在其中的"劳动"就不成其为人的劳动，就不是能够创造出"人本身"的那一"劳动"。人的本质就是"劳动"的本质，反之亦然，它们是从不同角度而言其实则一的两个概念。当然我们并不否认"劳动"是有一个逐渐形成的过程的。文化与社会的同一性，就如同在马克思主义哲学框架内的劳动与人的同一性。这种同一性诱使我们采取一个更缜密的措辞"文化社会"，它与任何升华社会的精英意图都无干系，社会在其发生学意义上本就是文化，而如前所说，反过来，文化亦即社会。

将"文化"与"社会"同一化可能遇到的一个质疑是，"社会"具有一定的物质性内容，而"文化"似乎没有，它是悬浮在经济基础上空的上层建筑或意识形态。但是我们需要反问，究竟什么是一个"社会"的物质性内容呢?解析开来,它应该首先是指作为其存在基础的物质生产,如马克思在指出"生产关系总合起来就构成为所谓社会关系,构成为所谓社会"[①]时所提示的;但是,第一,"物质生产"就其严格的意义来说只能是属于人类的和社会的;第二,"物质生产"就其纯粹物质层面还不能构成"社会",只有生产"关系"才能"构成为所谓社会"。这即是说,以"关系"为其本质的"社会"其实就是"文化"。在此我们绝不想以"文化社会"贬低"物质生产",那恰恰是我们要反对的一个观点。"文化"可以有无数个定义,可以是相互矛盾以至于相互抵消,但无法解除的是其最初级和最根本的意义,即"文化"意味着自然向人的生成,而非人向自然的回归。"社会"虽然为"自然"所决定,但它不是自然,而是"文化"。人与自然的恩恩怨怨与这样定义"文化"没有关系。老庄哲学对"文化"的批判,后现代主义对主体性的消解以及所谓的"生态批评",都不能视为对"人""人为"因而"文化"的斩绝,它们只是不满于过度"人化""文化"即"人文化",而试图在对此极端的反思和批判中寻求一种人与自然关系的替代性的文化模式,仍然在文化之内,仍然是文化的问题。

[①] 马克思:《雇佣劳动与资本》(1847年12月),《马克思恩格斯全集》第6卷,北京:人民出版社,1965年,第487页。

"社会"的物质性表现也通常指向那些使一个社会得以运行的种种机构，包括政府权力机构以及民间社团组织，但它们就更是文化性的了，因为如果说在"生产关系"意义上界定社会还不得不顾及"自然"一面，那么社会机构则纯粹是人的作为，是不限于阿尔都塞意谓的"意识形态"的实践，因而也就是文化了，在此文化是包含有实践之维度的。就人与自然关系而论"社会"之构成，"文化"据其半壁；而就"社会"之组织或者说组织"社会"来看，"社会"实则是"文化"的等义词。这不只是一个逻辑推论，也为社会发展的历史所证实。借助技术的提高，人的活动空间的扩大，"社会"早已超越了其国家形态甚至其帝国形态而进入一个全球化时代了；因为这一潮流，趁便说，全球化就成了社会学家近 20 年最热闹的工作场域之一，其成果似乎也正在引领着当代各门人文社会学科。一个在过去看来可能不伦不类的组合"全球社会"（global society）已开始悄悄溜进社会学家们的新词典。①

---

① Tony Bennett, Lawrence Crossberg, and Meaghan Morris (eds), *New Keywords, A Revised Vocabulary of Culture and Society*, London: Blackwell, 2005, p. 329. "全球社会"在此没有作为单独的辞条，但是被列入与"社会"相关的术语群以黑体标显，我们或可称之为"亚关键词"。

四、在"社会美学"之前

"社会"内在所具有的"文化"性质从根本上保证了它被视为一件美学产品或者说一部美学大作的合法性。只要将"社会"当作"文化",那么说"社会"即"美学"就毫无生硬突兀之处了。但是合法性并不意味着立即的现实性。社会之真正成为美学研究的对象或者说其美学性的显露是经历了一个漫长的思想史和社会史过程的。

柏拉图可能是西方美学史上触及"社会美学"的第一人:在其《大希庇亚篇》里,他借苏格拉底之口提出:"但我们要说美好的习俗和法律也是美的,就像那些通过我们的视觉和听觉而产生的快乐一样,或者说它们属于别的范畴?"[①]就其执着于寻找能够将美的性质赋予一切事物的美本身而言,柏拉图本人当不会拒绝习俗和法律等社会性现象对美的理念的分享,但他显然又是依违不定的,因为在当时的希腊,美经常被认为主要体现在经由视觉和听觉的对象即今日所谓之纯粹艺术方面,这是一个流行而强大的立场,柏拉图可以怀疑,但无力颠覆。或许就其最基本的

[①] 柏拉图:《大希庇亚篇》298B,《柏拉图全集》第四卷,王晓朝译,北京:人民出版社,2003年,第50页。

立场而论，毋宁说他更坚持视觉之于成为美的本体决定性，因为，我们知道，作为其哲学核心概念的"理念"本身就具有视觉性特征，这也暗示，一开始西方哲学本体论之内即潜伏了认识论的种子。而没有认识论，则不会有现代性西方，不会有其社会、政治、意识形态，其文化、艺术、审美精神，以及其所反对的后现代性，等等。这是在"社会"尚未成为"美学"之前柏拉图对于西方哲学文化的必然的效果史，即一个认识论的和视觉至上的柏拉图，而在另一方面，其对"社会美学"的大胆猜想无论如何富于启迪性都不可能引人在意。理论虽然超前和抽象，但终究离不开现实的土壤。对于"社会美学"来说，其土壤就是一个充分视觉化了的"社会"。而当视觉化主要发生在"艺术"的而非"社会"的领域时，那就只有"艺术美学"而不会有"社会美学"了。正是这一历史语境及其深刻的哲学力量使黑格尔在其《美学》中开宗明义地将美学规定为对"美的艺术"的研究。对于现代主义艺术家，如前所述，就更不能指望其考虑什么"社会"之为"美"的可能性了。在这些人眼中，"社会"不仅不是"美"，正相反，它是"美"的不共戴天的凶敌，成为"美"的必须以"社会"的牺牲为代价。

在此或许应该特别铭记曾经提出过"社会学美学"（soziologische Ästhetik）的格奥尔格·齐美尔对"社会美学"的

开拓性贡献。作为一位大都会思想家,他对日常生活中的流行现象,包括时尚、装饰、观光、冒险、饮食、卖淫、社交、感性、空间、货币和博览会等,倾注了在当时知识界极为罕见的"文化研究"热情,而这一切又每每被置于"美学"的观照之下,捕捉它们与"美学"的相关性或者其"美学"意蕴。由此,在齐美尔那里,如果说一个逻辑形态的"社会美学"尚未成型的话,那么一个批评形态的"社会美学"则早已在"运动"着了。他揭示了例如"冒险"与"艺术"在本质上的相类,这是与世俗日常世界的"断裂",是生活中的"岛屿"或"飞地";例如"时尚"追逐中的群体认同与个体区别之间的统一和张力;再如饮食超越其生理意义的文化和美学结构;等等——似乎现代生活正经历着一个全面的审美化过程。不过,原其内在旨趣,齐美尔也是一个"审美现代派",因为他要在这些寓有"美学"理想的"社会"现象中发掘出美学与资本主义计算理性的对抗性关系,与其说他所描述的是"美学"泛化于"社会",毋宁说是"美学"突出于"社会"之重围。不独齐美尔如此,一切在现代性语境中谈论"社会美学"现象的思想家骨子里都是唯美主义者,试想,本雅明不就是在艺术品的机械复制中哀悼"灵韵"的丧失吗?

20世纪60年代,我们进入了一个堪称"后现代"的理论时期。在美学上,如果说现代主义成就了一个艺术"自主性"概念,那么后现代主义的任务就是拆解这一概念。所谓"自主性"(autonomy),就其本来意义而言,是指作者对于其作品以产权为基础的独立支配权,正像私有财产之不可侵犯一样,艺术作为精神财产也是神圣不可侵犯的。这一原则不但适用于业已完成的艺术产品,而且对于真正的艺术家来说可能更有效于他们的创作过程。不言而喻,艺术创作的过程由艺术家所主导,由他们单独完成。接受美学反对艺术的"自主性"概念,提出"自立性"的作品如果不经阅读就是一堆"死的文本",而不是严格意义上的发生作用因而也就是活着的、活动的"作品"。在沃·伊瑟尔对"隐在读者"的假定中,它表示一种内在于文本的"反应邀请结构",甚至连这个"死的文本"也不是由作者独自完成的,一个"读者"早就"隐在"那里。通过将读者"请进"文本之内,接受美学瓦解了作者对于文本的"自主性",但遗憾的是,读者从而也被封闭在文本之内,作品仍是作者的作品,是经由作者的作品。这就是伊瑟尔坚持其美学仍在德国现象学传统之内的原因。虽然对于接受美学来说,要完成对"自主性"的基础性颠覆,就必须将读者从对文本的人身依附中解放出来,变文本性读者为社会性读者。

　　接受美学当然拖着一条现象学的尾巴,但在其对"自主性"概念的解构方面,它又是一种后现代主义,或许我们可以称其为"德式后现代主义"。比较而言,法国的后现代主义则要激进得多。

例如罗兰·巴特为"读者之诞生"干脆宣布"作者之死",将"可写"(le scriptile)即阅读之创造性置于"可读"(le lisible)即被动阅读之上。或许更有启发意义的是,他对美之不可言说、终止于"我是我所是"的描述,看似与柏拉图对美的理念化和神秘化接近,但意图或效果则正相反,在柏拉图而言就是将诗人逐出理想国,而在巴特,却可能是对不可言说者之言说,对不可再现者之再现及其多样性的开放和鼓励——作为"文学符号学教授",巴特走向通俗文化,如身体、服饰、影像、广告、消费之研究,尽管仍在符号学的名义下,一点也不偶然,因为它们都在述说着那不可述说的意义、神秘之物或者就是美。及至德里达,文本根本就不涵有符号学或解释学所追寻的那个意义,能指不是指向所指因而获得意指,而是指向另一能指并如此无限"延异"下去。他也不相信有所谓"文学性"之存在,如果有,那不过是一种体制、惯例和集体认同,换言之,文学性就是社会性。接受后现代主义思想影响的马克思主义文论家如伊格尔顿、杰姆逊等,如其先辈普列汉诺夫一样,将宽泛的文学与社会的关系缩小而强化为文学即政治或意识形态的论断。这可以称之为一种极端的文学社会论,因为政治或意识形态只是对社会的一种组织而不是唯一或全部;喻乎此则不难理解葛兰西和霍尔何以要讲"霸权"及其对社会的"接合"(articulation):其中一个文化的视角被引了进来。

解构文艺"自主性",将"美学"还原为"社会",其积极意义对"社会美学"而言是重新确认了美学与社会的关联,如果说在前现代仅有美在其中的浑融的社会生活或文化生活的话,是开戏前的锣鼓闹场,而并非"社会美学"这幕大戏本身。如费瑟斯通所提到的审美泛化的前两种情形一样,这里还必须加上20世纪西方哲学和美学界回归"生活世界"的冲动,以及往前追溯如19世纪车尔尼雪夫斯基的"美即生活"的著名命题,说到底,都只是在社会生活领域推演那个其间已踪迹难觅的纯粹美学的理想。因为简单的是,一旦追问起怎样的"生活"才是"美"时,回答只能是符合"美"的理想的"生活"才是"美"。并非所有的生活都是美的,只有经过思考、选择和认定的生活,即只有被认为是"应当如此"的生活才称得上"美"。美学上的"民粹主义""人类学主义",通常都是另一种形式的精英主义。仍然是"审美主义",即仍然是"美学至上",例如有谓共产主义就是美学与社会的统一,不同只在这种标榜"生活"或"世界"或"经验"的美学富有崇高的社会使命感、深沉的救世情怀,它表里如一地介入社会,试图对其加以改造、提升,因而谓之一个恰当的命名就是"社会审美主义",当然称其为"审美社会主义"或"审美乌托邦"亦无不可。

"社会审美主义"之以区隔为前提,即在"社会"中甄别出美学的和非美学的，"美即生活"这一有意义的命题旋即陷入"美的就是美的"之无谓的同义反复，但是它执着地指示了对全社会进行美学化改造的艰难的可能性，因而也就为"社会美学"开辟了可以前行的道路。但是，如果说"社会审美主义"是乌托邦的、浪漫主义的，可情动、可理喻而不可征之于实，因而是遥不可及的，那么"社会美学"则是现实主义的，它认定眼下的社会现实正在经历一场重大的美学转换运动。

　　需要再次声明，并非在"社会美学"之前就不存在社会美、生活美，中西皆然，日本人更是在生活中将对美的追求演绎到变态的极致，但是有社会美或生活美不等于就有"社会美学"，因为第一，前者是建立在对美与非美、日常与非常、劳作与闲逸、大众与精英等之区分和对立之上，即建立在对艺术美的暗喻之上，即使如何普遍和经见，也总是以另一面之存在为前提的。与此相反，后者则是对此二元对立结构之拆解，以期将整个社会都变成美学，只有美学而不再有社会，或者说，社会即美学，美学即社会，二而一也。更切本质的是，第二，"社会美学"根本就不是美学自身的运动，其驱动力是既非来自艺术美亦非源之于社会美或生活美之发于自体内在需求的自然扩张。如前所示，这类美只能永远活跃在美学与社会的二元对立结构之内，而是外于它们、外于它们活动在其中的二元对立结构，简言之，真正驱动其发展的是一股全然的外力,这个外力就是波德里亚所谓的"消费社会"。而艺术美之类则是以"生产社会"为相克相生的前提——其实,不是资本主义生产方式或者叫异化劳动与诗、与美为敌而扼杀了艺术的创造;恰恰相反,一直被我们忽视的是,正是由于这种敌对状况才激发出人类对自由之审美境界的向往和求索,于现实中求而不得,则凭空而创造之。当然,由于"社会"基础之不同,这些凭空所造之美是无法直接发展成"社会美学"的。这里需要一个基础的变动,即从"生产社会"转向"消费社会"。

五、"物符"化与"社会美学"的诞生

按照波德里亚的理解,"生产社会"是以"生产"为轴心的社会,而所谓"生产"是指对"使用价值",即对能够满足人们具体生活需要的商品的生产,是以这样的"生产"便组织和协调了社会,并推动其发展。完整的资本主义生产当然应该包括"消费"一环,否则"生产"将无法继续。但此一"消费"只是隶属于整个"生产"链条的一个环节,是"生产"的实现,即对所"生产"的"使用价值"的承认,因而尚不具备独立于"生产"的地位和意义。而"消费社会"之"消费"则不再是对"生产"的镜像,它不反映"生产"的特性,即"消费"与所"生产"商品之

"使用价值"毫无关联，而只与其符号相关。这不是说"消费"不再指向"物"、指向作为广义之"物"的商品，而是"消费社会"里的商品被赋予截然不同的指谓：商品不再是仅具有使用价值的物品，其之所以有"交换价值"，一直是由于它先有"使用价值"；现在，商品变成了"物符"（objet-signe），既是具体之物，又是抽象之符号，是特殊的即以物体形态出现的符号，是所谓的"实体能指"（substance signfiante，或译"指意实体"）[1]；然既为符号，其作为物或局限于物的意义即使用价值则必被淡化以至清除，以此为代价而最终获得超越其自身的意指功能，用波德里亚的例子说，洗衣机在"消费"领域不是洗衣的工具，而是指示"舒适"或"有地位"的符号。每一件商品都是一个符号，而整个商品世界就是一个符号体系，个别的商品归属于这一"物体系"或符号体系，简言之，"物符"体系。波德里亚有一名言"欲为消费之物，则此物必先为符号"[2]，这一命题当然别有深意，容后另论，现在的问题是，它极易造成一种印象，仿佛是"消费"将物品从被"使用价值"的压迫下解放出来。波德里亚的确多次从"消费"出发谈论"物"的符号化，而事实正相反，是"物"

---

[1] Jean Baudrillard, *Le sytème des objets*, Paris: Gallimard, 1968, p. 276.

[2] Ibid., p. 277.

的变化即从"使用价值"转向"符号价值"决定了"消费"的诞生，或者说，"生产社会"向"消费社会"的过渡；是商品的"物符"化宣告了——如果不避波德里亚式的夸张，"劳动的终结。生产的终结。政治经济学的终结"，"能指—所指之辩证法的终结"，"同时，使用价值—交换价值之辩证法的终结"，"话语之线性维度的终结。商品之线性维度的终结。符号之古典时代的终结。生产时代的终结"[1]。可以比较的是，假使说马克思创建了一个以商品"生产"为中心的"物"化社会，那么波德里亚则构思出一个以"符号"消费为主导的"文"化社会；因而在马克思那里对"物"之"异化"的批判，便转至波德里亚对"文"之"拟像"的揭露。此中意向我们暂不究论，只就客观即呈现在我们眼前的当代社会景观而言，一个以"物符"为标志的"消费社会"确已峥嵘而起，不容漠视。虽然我们亦可挑剔一个严格的"生产"与"消费"的划分，但可以肯定的是，随着资本主义"生产"的发展或者说商品世界的日益丰盈，"消费"问题注定会取得较"生产"而言即使不是更加重要也是与它同等重要的位置。如今，"文化的经济化"，或者说，"经济的'去物质化'"[2]，作为对"物

---

[1] Jean Baudrillard, *L'échange symbolique et la mort*, Paris: Gallimard, 1976, p. 20.

[2] Don Slater, *Consumer Culture and Modernity*, Cambridge: Polity, p. 32.

符""消费"的另一表述，已经成为有目共睹的事实。

　　君不见，新时期以来中国专注"生产"尚不足三十年而就早早经历了由"卖方市场"向"买方市场"的转移，对"刺激消费""拉动内需"云云，我们是耳熟能详的。何以"刺激消费"？何以"拉动内需"？对此政府自有大政方针，而商家则似乎天生地熟谙此道，无须他人指点就将"消费"演绎得如火如荼，其中奥妙自然是波德里亚所说将商品"物符"化，让商品倾情抒发其超出自身的意义，例如，"我不是别墅，我是豪门至尊""我不是全自动洗衣机，我是对妻子的体贴和关爱""我不是酸酸乳，我是想唱就唱的青春和个性"，等等。这一"物符"化能够使消费者不再以自身之物理性需求为限，而进入一个类"物理学之后"，即普通人的类"形而上学"的精神境界，或晒其虚荣，但它毕竟是超越的。再则，由于符号的意义来自诸符号间的差异而非其与实在之物的潜在关联，同理，由于"物符"，波德里亚揭示，"它从未在其物质性中而是在其差异性中被消费"[①]。这就是说，由于"消费"并不意指具体之物，其意义如德里达所言，被一再地延宕，那么消费就总是处在一种无法彻底解除的紧张状态。消费并未带来欲望的满足，而是带来对"物符"差异的认识和由此而来的新

[①] Jean Baudrillard, *Le sytème des objets*, Paris: Gallimard, 1968, p. 277.

的消费期待。俗谓贪得无厌是人的动物性本能，其实正相反，它来自人的社会性，来自人作为符号的动物、理性的动物，因为唯有人能够超越动物性的肉身需求层次而坚定地追寻例如"物符"差异所闪烁不定的意义。应当看清，对物的疯狂占有实则是对符号意义的百折不挠的执着追求，在此物非物，而是会说话的符号，是"物符"；只要"物符"想表达意义，那么它就必须经由与其"物符"的关系即差异；"物符"之差异无限，于是对"物符"的消费也就永远不会有终期。

可以断言，消费社会即符号社会，而一个以符号为主导的社会实质上也就是美学社会。这一论断之不言而喻的前提是对符号与美之必然关联，干脆地说就是对符号即美之命题的肯定。对此我们拟做出两点说明：第一，所有符号都是认识论的表象，而美即发生于这样性质的表象之中。甚至，由于表象在始源上对美的决定性，我们也完全能够说，表象即美，或者，美即表象。显然，个中原因就是表象即意味着一个距离性的"看"，一个将对象摆置于眼（包括心灵之眼）前的活动（Vor-stellung），它不是对象的自我呈现（present），而是再－现（re-presentation），是假定了主客体分立的被－呈现（re-presented）。任何符号，无论形象的抑或抽象的，本质上都是对物的"表象"或"再现"，都是由"我"创造亦为"我"的"可见性"。由此而言，一个符号的社会就是一个"看"的社会，因而是一个美学的社会。

第二，如果说"物符"化或消费社会是资本主义"生产"发展之必然，如果说"符号"美学以前还只是局限于"纯艺术"的象牙塔内，属于少数人的特权、天才的专利、脱离了物质匮乏的有闲，那么电子媒介的出现则使得这种理论的潜在可能性转化为现实的存在，"符号"美学亦因之而泛及全社会，成了大众的日常生活。诚然，电子媒介就其自身而言并不等于消费社会或符号社会，因为印刷媒介也可以使物符号化，即生产"物符"，但是，唯有电子媒介才有能力在技术层面将"物符"美学普及全社会乃至全球，这是其传播更多地依赖于物理时空的印刷媒介所无法比拟的。比较而言，电子媒介更擅长于图像的生产和传播，而图像以其震惊效果、视觉性、似真性和多向阐释性更易为有意的"物符"生产所操控，更易于形成与现实相绝缘的"拟像""比现实还真实的超现实"[1]因而"模拟的泛美学场域"[2]。丹尼尔·贝尔指出：

---

[1] Jean Baudrillard, *La transparence du mal, essai sur les phénomènes extrêmes*, Paris: Galilée, 1990, p. 26.

[2] Ibid. 造成"泛美学"的原因是"符号的无穷增殖"（Ibid., p. 22）直至"拟像"或"超现实"。详细的阐说可参考金惠敏专著《媒介的后果——文学终结点上的批判理论》(北京：人民出版社，2005年）第2章或其论文《图像增殖与文学的当前危机》，载《中国社会科学》2004年第5期。

"群众娱乐（马戏、奇观、戏剧）一直是视觉的。"[①]若将此文化传统联系于电子媒介之视像生产，那么贝尔无疑是在提示我们电子媒介与大众文化之间的内在亲缘关系；这也就是说，电子媒介将消费社会的"物符"化发展为图像化，而且通过图像化接合了大众文化的视觉性传统，把"物符"化提升到社会无意识即一个更加深入人心的新阶段。由于电子媒介发自其本性的推助，以"物符"为主导的"符号"美学才终于真正将自己伸张为社会性的。可以说，电子媒介对于"社会美学"的形成厥功至伟。至于在作为一种技术之外，电子媒介例如威廉斯所说的电视所蕴涵的美学能量及其与"社会美学"的关系，那是一个需要另行探讨的问题。

由于文章结构之限制，笔者不能对"社会美学"其他一些重要问题展开论述，例如，如何从批判理论角度去评价"社会美学"现象如"拟像"？"社会美学"如果是一种大众想象，那么它与人的真实存在将构成怎样的关系？既然仍以"美学"称之，那么在"社会美学"中，"美学"是否能够继续保持其对社会的批评张力？而答案若是肯定的，则此批评张力又从何而来？"社会美学"之兴起是否将带来传统美学地图之重绘？"社会美学"能否

[①] 丹尼尔·贝尔：《资本主义文化矛盾》，赵一凡等译，北京：生活·读书·新知三联书店，1992年，第154页。

发展为一种新兴学科？或许更为本质的是，"社会美学"究竟只是一种现象描述，抑或可能作为对于当代文化现象的一种哲学立场？更有在另一条线索上的问题，例如，"消费"社会是否仅有"物符"一途？"消费"与"物符"的相互界定是否陷入了循环论证的误区？在"物符"之外有无其他意义的"消费"？当然可以用"物符"化解释大量的娱乐化现象，如旅游、美容、健身，但蹦迪、扭秧歌、街舞、卡拉OK等之反"符号"即反镜像的社会性美学活动又将如何解释呢？等等。没有对这些问题的深入研究，"社会美学"将是不完整的、有缺憾的。

但行文至此，"社会美学"作为一个概念，其自身之内在合理性，对于描述当代社会及其文化现实的确当性，已有了基础性的说明，因而一个"社会美学"的草图已然绘就，同时其多方面的问题性和进一步发展的契机也可能一并交给了有心的读者和方家。诚如是，于一文之内，夫复何求？我也就宽免自己算了。是为不成"结论"的结束语。

（此文原载《文艺研究》2006年第12期。收入本书的是作者原稿，与期刊版略有不同）

40年中国文艺理论发展历程之我见
《40年文艺理论学科史》序言

> **阅读提示**
>
> 40年文论发展的经验是：积极回应时代的思想挑战，深度介入现实的问题研究，这是文论的主要任务；同时，还必须做好学科基础建设工作，在学科内部深耕细作。我们既需要"没有文学的文学理论"，让文学能够跃出学科藩篱而服务于更广大的社会需求，不以文学而以人生为鹄的，也需要仅仅是"为文学而文学的文学理论"，强化文学的身份意识、边界意识和独立不倚的精神品格。我们的总体目标是，使文论既成为体现时代精神的文论，又成为厚实其文学学科的文论，二者相互激荡，共创文论新天地。

2018年是中国改革开放40周年，各门学科乃至各行各业都在发起不同的纪念活动，在纸媒平台有超过两千篇文章发表，回顾、总结兼之以展望。文艺理论和美学界也有若干同类文章发表，演绎了各自的观察角度。而更早一些时候，对新时期以来（近40年）的文艺理论进行系统研究的课题间有立项消息传来，还有一些专著和资料集断续出版。①本文集是这一时代大背景下的产物，但作为由著名美学家、文论家蔡仪先生所创始的国家级学术重镇，中国社会科学院文学研究所理论室以其官方名义遴选和出版其成员的论文、谈话和其他各种资料，自是具有非同寻常的价值。蔡仪先生与理论室同仁为这一时期的中国文论发展做出了巨大的历史贡献，是中国文论学科的主要形塑者和主要代表人物，而其中蔡仪先生本人更堪称新中国文论学科之父，他们的研究成果均有可能在未来中国文论发展中继续发挥积极作用。文集是一

---

① 如鲁枢元、刘锋杰等著《新时期40年文学理论与批评发展史》（杭州：浙江文艺出版社，2018年），该书为国家社科基金重点项目结项成果。在此笔者趁便指出，此书将"新时期"概念拉得过长，"新时期"之新主要是针对"文化大革命"十年而言的，其中心任务是"拨乱反正"，这个过程不需要40年，它应该在1989年就算结束了。1992年出现的"后新时期"概念无论是否妥帖，它都说明"新时期"概念在那时已经捉襟见肘、不敷使用了，需要与时俱进的再命名。我们提议将"新时期"概念限定在1978至1989年间，虽然短了些，但这将更加突显"新时期"文论（以及同时代其他精神探索形式）的历史特点，且避免用"新时期"的眼光去打量，而这也必然会模糊此后那些性质迥异的文论新发展。若是继续用"新时期"来叙述新世纪、新时代的故事，那就离题更远，迂阔得匪夷所思、不知所云了。

个时代的缩影,是历史经验的总结,是未来前行的坐标;对世界而言,其中不少篇章也属于中国文论的代表性成果,具有全球性意义。历史将越来越清晰地证明,世界文论是中国文论的一个部分,中国文论也是世界文论的一个部分,你中有我、我中有你:一个星丛性的文论共同体是迟早的事情。或者也有可能,世界文论已然成形而我们自己却未能觉察,因为我们尚缺乏足够的文化自信来使我们认识到这一点。

40年的主旋律是改革开放,而所谓"改革开放",就整个中国近现代史来说,是鸦片战争以来国人睁开眼睛看世界,在与西方列强斗争中师夷之长、变法图存,并实现中华民族伟大复兴的一个延续;而"在中国共产党历史上,在中华人民共和国历史上",则是"具有深远意义的伟大转折,开启了改革开放和社会主义现代化的伟大征程"[1]。进一步,如果置其于马克思所谓的"世界历史"的形成过程之中,那么改革开放在本质上便是中国重新与世界接轨、汇入世界发展体系,并将于其内部改变世界史进程的"现代性"事件。可以预见,因改革开放扭转乾坤之功,未来的中国势必以其独具特色的实践与经验而重新界定和书写原本西方意义上的"世界史"

---

[1] 习近平:《在庆祝改革开放40周年大会上的讲话》(2018年12月18日),载《人民日报》2018年12月19日第2版。

和"现代性"以及"后现代性"等核心概念。简言之，改革开放是复归了的中国现代性实践，中国由此而再次成为世界的中国，世界亦由此而再次成为中国的世界。在此不言而喻的是，中国曾因"文化大革命"的狂傲和偏执而一度孤悬于"现代性""世界"之外。

自1978年12月（中国共产党第十一届三中全会召开）至80年代末，作为改革开放大变局的有机构成，文论研究的问题意识因而也始终是向着现代性及其思想和价值的复归，其对文艺本身特性的强调，如关于文艺去政治化、形象思维、文学是人学、文艺心理学、文艺美学、文学主体性、内部规律和外部规律、审美意识形态论、文学向内转等主题的讨论，反映了现代性对于文艺的要求，即以文艺或审美的方式完成现代性建设之大业。要求文学自律、回归文学性本身，要求人物性格二重或多重组合，反对"高大全""脸谱化""类型化""神圣化"，要求审美无功利、远离服务论或从属论①，这些同时也是对个体自由、世俗主义、精神独立等现代性人文价值的要求。此时，不存在救赎意义上的"审美现代性"，以审美拯救现代性；相反，审美本身即现代性，回到美学即回到现代性。与当时发生在全国上下各个层面、领域

---

① 指文艺服务或从属于政治，参见陈俊涛：《风雨历程五十载——新中国文学理论批评的回望》，载《南方文坛》2000年第5期，第38—44页。

的"拨乱反正"一样,文学的努力方向是回到"五四",赓续其现代性传统,即回到民主、科学的现代性美学。不难理解,对于渴望回归现代性的文论学者来说,这一时期,马克思"巴黎手稿"以及附着于它的人道主义、人性论、异化、对象化、西方马克思主义等话题,还有李泽厚先生的"批判哲学的批判"(康德研究),何以能够令他们如痴如醉、如癫如狂。文论界要借着这些哲学性的话题来实现其现代性复归的冲动。这是被压迫太久了的内在需求,一般说,哪里有压迫,哪里就有反抗,且压迫愈久,反抗愈烈。

然而,随着现代性计划的持续推进,具体说是市场经济的深入发展,其负面影响也开始显现,如工具理性、知识贬值、道德滑坡、拜金主义和消费主义滋生,并迅速成为新的社会风尚。一个始料不及的"启蒙辩证法"魔咒仿佛突然间便控制了这个刚刚被"思想解放"了的社会。于是作为一种回应,80年代末以后有"文学:失却轰动效应……"之慨叹,有关于"人文精神"之大讨论,有对"消闲"文学合理性之探索,有关于"大众文化"的论争,以及表现在体制上有《通俗文学评论》(1992—1998)这类专门刊物的创办①,还有对于文学之道德价值或伦理美的再主张,等

---

① 参见罗维扬:《〈通俗文学评论〉始末》,载《出版史料》2012年第4期,第107-108页。

等。与此有着复杂性连接的是，纯粹文学观的松动或者大文学观的萌动，对形而上学本质性研究的放弃和对于审美风尚与生活美学的投入，文学研究对文化视角的采纳，等等，成为新的学术风向标。

后现代主义在 80 年代中后期的引入，极盛于 90 年代中期。与西方后现代主义思潮不同，它肩负的是双重的历史使命：一是对封建余毒在体制和权力上之压迫个性和禁锢思想的反抗和批判，即是说，后现代实际上是延续了 1978 年以来的现代性复归运动，是"未完成的现代性计划"的继续完成；二是将这种反抗和批判的矛头慢慢地转向市场经济中资本的权力和压制这一方面，即成为对现代性的一种反思和批判，与西方后现代在精神上渐趋一致，而这一当时还比较隐晦的一面在进入 21 世纪后被 70 后或 80 后青年学者的红色文化研究，或曰新左翼文化研究，发挥得淋漓尽致。做一简单的区分，上一代学者是反封建，属于传统所谓之"右派"；新一代学者是反资本，可谓（国际）"左翼"。

90 年代为中国文论的转折期或曰调适期，其自身特色不算十分鲜明，不过也正是在这一时期所进行的沉思和观察，不动声色地酝酿了新世纪一些主导性的话题。说句为之辩护的套话，没有 90 年代，何来新世纪？！

21 世纪的历史主题是全球化和媒介技术的急剧扩张和深入

渗透。与此相应，文论研究的主题也就是全球化、媒介技术的文化和文学后果问题。先说媒介技术，其所掀起的两大波文论浪潮，一是关于文学会不会终结于趋零距离、图像增殖、媒介及信息全球化的讨论，二是图像之无处不在以及生活丰裕程度之提升会不会带来"日常生活审美化"。再看全球化。对于曾经是半殖民地、半封建性质的中国社会，其文化和文论的主要矛盾是中西之间或曰中学西学之间的冲突和互化。这一矛盾在中国以"入世"为标志的与全球化的互动中，不仅没有遁失，而且反弹强烈，甚或有极端表现，但中国在应对这种冲突时越来越显出积极和自信。90年代中期文论界有"失语症"之扼腕长叹，"哀其不幸、怒其不争"，而21世纪则有"强制阐释"之浩然自昂，"驱除鞑虏，恢复中华"，其互为表里的回到文学性（或审美自治）与回到中国性（或中国特色经验）的"宅兹中国"的主权宣示显得义正辞严、不容反驳，继之而来的"公共阐释"有对真理之必然开显的执念，更有夺取国际"文化领导权"的底气和霸气，演示了中国经济、政治、文化之实力和影响力由弱变强的一个新阶段、"新时代"。2016年5月17日，习近平在哲学和社会科学座谈会上的讲话提出构建中国特色的学科体系、学术体系和话语体系，文论界首先将之落实为中国特色文论话语体系的建构，例如对于中国文论关键词的梳理和研究，以及中西文论关键词的比较和拔萃。

文论的学科体系和学术体系相信亦将次第成形。文化民族主义诚然是其中的最强音，但由于我们最终是以构建"人类命运共同体"为目标，以"一带一路"为具体之实施，以传统之"和而不同"为文化交往原则，文论互鉴、互学、对话的主张便显得更符合时代大势和中国当代现实之需要。如果说后殖民性的文化民族主义文论主打感情牌，情绪大于理智，那么立足中国当代现实之需要，博采中外古今文论之长的世界主义文论，则显出务实而客观的理性特征。在全球化时代，包括美国和欧洲在内的文化民族主义和民粹主义没有未来，无论其动静一时有多大。

必须分辨，对文学的民族性和民族特色的强调并不必然走向文化民族主义，除非有人将其凌驾于"世界"之上，而非"之中"，唯我、排他、独霸。越是民族的，应该越是世界的。习近平勉励文艺工作者"创造出丰富多样的中国故事、中国形象、中国旋律"，这是对中国性和中国特色毫不含糊的期许，但他紧接着又指出，这样做的目的不是别的，而是"为世界贡献特殊的声响和色彩、展现特殊的诗情和意境"，或者说，"让我国文艺以鲜明的中国特色、中国风格、中国气派屹立于世"。[①]这里称中国特殊性和

[①] 习近平:《在中国文联十大、中国作协九大开幕式上的讲话》(2016年11月30日)，载《人民日报》2016年12月1日第2版。

中国特色之"于世"、之"为世界",等于直接昭布寰宇,我们所言的民族特色是"世内"而非"世外"的特色,是世界文学星丛之中的特色,是与世界联通并从而得以互显的特色,是自美他美、美美与共、彼此欣赏的特色。我们的特色论是对话特色论[①],是坚持"差异即对话"[②]之信念的特色论。我们的出路或未来是没有民族主义的民族主义,即是说,从民族主义出发,最终达到对民族主义狭隘性的超越。

40年中国文论的历程是整个社会全方位改革开放的一个印迹,而且以美学的方式反哺了这一波澜壮阔的历史运动。然则这绝非说,文论只是时代的传声筒,没有自己的声音。令人欣慰的是,有相当部分的学者矢志于文论自身的学科建设,如叙事学、生态美学、符号学已渐入佳境,并开始赢得国际同行之尊重和关注。也许这些具体而扎实的学科建设将最先成为"世界文学"意义上的世界文论。对此我们乐观以待。

40年文论发展的经验是:积极回应时代的思想挑战,深度

[①] 参见寇淑婷、韩天琪:《对话特色论、文化马克思主义与美学资本主义》,载《中国科学报》2019年7月31日第3版。

[②] 关于这一命题和信念的详细阐释,参见金惠敏:《差异即对话》,北京:中国社会科学出版社,2019年。

介入现实的问题研究，这是文论的主要任务；同时，还必须做好学科基础建设工作，在学科内部深耕细作，包括对中西方文论的知识性研究，翻译和介绍什么时候也不能停止，即便中国文论的海外传播已经启动。我们既需要"没有文学的文学理论"，让文学能够跃出学科藩篱而服务于更广大的社会需求，不以文学而以人生为鹄的，也需要仅仅是"为文学而文学的文学理论"，强化文学的身份意识、边界意识和独立不倚的精神品格。我们的总体目标是，使文论既成为体现时代精神的文论，也厚实其作为文学学科的文论，二者相互激荡，共创文论新天地。还是阿多诺说得好，对于艺术来说，其为自身而艺术，乃其行使社会批判的前提。若无艺术,我们如何能够进行艺术的或审美的社会批判？！不过，作为文艺工作者，我们也应当清醒：艺术的社会功用毕竟微弱、有限。在对"真善美"的追求中，没有"真"，其他的即便不假，也难免虚幻。追求"真实性"应该是艺术的第一要义。举例说，"审美意识形态"如果不以艺术真实性为基础、基准，则将可能重回"文艺为政治服务"的老路，即让"审美"服务于某种"意识形态"。在西方，"审美意识形态"是左派的"政治"理论（如阿尔都塞、伊格尔顿、杰姆逊、朗西埃等）；而在中国，它曾经是对政治干预文艺的"审美"约制，因而是改革开放伟大战役的一个部分。

虽然本人承乏室主任一职，负责文集筹划和编辑，杨子彦、张志娟劳神费力，丁国旗、刘方喜、陈定家多有指教，刘跃进所长不时督促，前辈杜书瀛先生审读把关，但这里的"序言"并不能完全代表理论室或学科集体的观点，它只是我个人一些不成熟的观察和"窃以为"如此而已。穿靴戴帽，形式美观。错误不当在所难免。希望同志们批评指正！

（此文完稿于2019年8月7日，北京西三旗，发表于《文艺争鸣》2020年第1期，收入本书时有改动）

什么是"没有文学的文学理论"[①]
作为一个苏格拉底式的学术自辩（Apologia[②]）

> **阅读提示**　"没有文学的文学理论"略显拗口，我们可以将其简洁明了地概括为：重新界定和声张了文学理论的社会性质，调整了文学文本内部文学性与非文学性的结构性关系，为民族文学之进入世界文学开辟了新的理论路径。

笔者《没有文学的文学理论》一文和同名文集（四川大学出版社，2021年1月）自问世以来，很多同行和读者不明所以，

[①] 本文既是对"没有文学的文学理论"这一命题的说明，亦为对同名文集的介绍。
[②] 古希腊语"Apologia"不是现在常用的"道歉"的意思，而是指法庭程序中的辩护发言。"当然，苏格拉底无需为任何事情道歉。"在此不考虑这一自辩词的真实性问题。参见 Plato, *Complete Works*, ed. John M. Cooper, Indianapolis/ Cambridge: Hackett, 1997, pp. 17–18.

于是便自然而然地生出诸多不必要的误解，当然也不乏那种望文生义、不求甚解甚或是有意为之的歪曲。笔者为此久久地惦念着寻找一个适当的机会对其核心主张进行简明扼要的解释和说明。适逢所在学校鼓励教工申报奖项，幸获推荐上报，能否最终获奖不必过虑，那要听天由命，但按照表格规定，将自己所思所想整理一下，向评委以及有所需求的读者做一提纲挈领、不落细节的报告，正言直说，澄清误解，不是恰可以了却多年未竟的一桩夙愿吗？！于人于己皆为善事。本文即是在申报表格所填写内容之基础上，做适当的修改和补充而成。有朋友建议笔者最好遵照流行学术期刊规范，将其扩展为一篇长文，予以系统的阐述，但我意不然：系统的阐述之前并不缺乏，也不见得多么奏效，本文不拟在这方面继续费力。本文目标转为简明扼要[①]、一目了然，主要考虑的还是为方便读者把握。

一、为什么是"没有文学的文学理论"？

作为一个学术观点或命题，"没有文学的文学理论"是笔

[①] 为不伤及本文的这一总体设想，在窃以为有必要的地方加上一些资料和评论，放置于脚注。这样做，其实也有兼顾那些好学深究之士的原因。

者在《文艺理论与批评》（北京）2004年第3期发表的一篇同题论文中提出来的。出乎所料，此论发表当年即在学术界引起较大反响，如人大复印资料《文艺理论》2004年第4期和第8期及时转载此文以及笔者不同形式之解说。此后20年关于该话题的讨论和争鸣不断，虽批评者多，赞成者少，但如今看来，它最终还是跌跌撞撞地形成新世纪文学理论研究一个绕不开的重大课题。而《没有文学的文学理论》一书则是作者在进一步汲取国内外相关研究和争鸣基础上，对这一命题进行深度开掘、拓展论述，并回应时代新问题之挑战的重要成果。

该书于2021年出版后，学界又掀起了新一轮的研究和论争：如《文艺争鸣》（2022年第7期）组织研究专栏，发表刘康、刘旭光等教授四篇论文；再如《文艺论坛》（2023年第5期）组织以本书为主要讨论文本的"话题新探"专栏，有陈定家研究员、南开李勇教授等撰文参与；复如李春青教授视"没有文学的文学理论"为近二十年来文论的一个"热点"[①]，杨光祖教授以之为"文学理论"因应时代巨变而"有了自己的新的生长空间"

[①] 李春青：《在"文学"面前"理论"何为——略论近年来文学理论研究中的几个热点话题》，载《河北师范大学学报（哲学社会科学版）》2022年第5期。

的代表性话语之一①,肖明华教授陆续发表多篇论文,对之进行不断的阐释、引申和发展,成为此论在笔者之外的一位主要发言人②。此外,《文艺争鸣》在发表该书第三章(阶段成果)之后,再次慷慨赐予版面,接纳作者进一步之述说③。其他媒体近年也发表过不少相关讨论,至于一般性引用和随机性点评更是不计其数,兹不赘述。

"没有文学的文学理论"之所以能够引起学界20年持续不断的关注和讨论,乃是由于自20世纪新时期以来这四十余年间我们文学理论的主题之一即是该书所重点讨论的文学的自主性(审美性)与其社会性的关系问题,而文化研究浪潮不过只是再次凸显和激化了这一问题而已。本书号准这一时代的、中国的学

---

① 杨光祖:《当代文艺学名家研究栏目·主持人语》,载《兰州文理学院学报(社会科学版)》2022年第1期。

② 肖明华的论文分布在《没有文学的文学理论》一书出版前后,其代表作有《"没有文学的理论"也是文学理论?》(《文艺报》2016年7月15日第二版)、《"没有文学的文学理论":历史、形态和公共性》(《贵州社会科学》2020年第11期)和《"没有文学的文学理论":"文论终结"后的新话语》(《文艺争鸣》2022年第7期)等。就像后现代理论有众多的阐发者一样,相信"没有文学的文学理论"也将有更多的参与者和建设者,并最终形成一种理论、多种表述的景象。

③ 金惠敏:《文学性与非文学性的对话星丛》,载《文艺争鸣》2022年第12期。

术脉搏，给予自己的学术诊断，并提出自己的解决方案，是建构当代中国马克思主义文论话语体系的一次积极尝试。对于本书的学术史意义和当代问题关切，那些经历过新时期以来文论发展史的学者自当有深切的体会。

当然，"没有文学的文学理论"也不是一时一地特有之理论，可以说，它是文学理论自其有史以来即被不断言说、因而堪称永恒的主题。如所周知，在孔夫子和柏拉图那里都没有纯粹的文学和文学理论问题，文学是整个社会机制和精神机制或文化机制的一个组成部分，因此对于文学的阐释亦当联系于其所由以产生的社会、精神以及文化之语境。套用法国社会学家布尔迪厄的术语，没有"文学性"，而只有"文学场"，在其中各种力量相互激荡、竞争和斗争。①因此，"没有文学的文学理论"虽为最近四十余

---

① 布尔迪厄的"文学场"或"艺术场"概念既想把文学/艺术作为一种独立的存在，又意图表明进入这一空间的包括文学/艺术在内的各种力量的相互决定或作用，因而并未完成其所设定的对唯美主义或形式主义"文学性"的批判。例如，布尔迪厄看到："**审美目光**，作为能够从作品本身和作为作品本身看待作品的'纯粹'目光，也就是作为'无目的合目的性'，它的构成，与作为观照对象的**艺术作品**的确立有关，这是由于**私人画廊**、然后是**公共画廊**的创立，还有**博物馆**的创立，以及在物质上和象征上负责保管艺术作品的**专家机构**的平行发展；也与'艺术家'以及**关于艺术生产的表象**（引注：认知）的逐渐形成有关，这种艺术生产被视为没有任何确定性和社会功能的'创

年中国文论发展所娩出的一个结果，但其所回应的仍然是一个从古至今未能圆满解决的文学理论问题，即文学与社会（包括政治）的关系问题，或扩大而言，文学性与非文学性关系问题。

造'。"（皮埃尔·布尔迪厄：《艺术的法则》[新修订本]，刘晖译，北京：中央编译出版社，2011年，第253页注[20]。引文依据法文原版[Pierre Bourdieu, *Les règles de l'art: Genèse et structure du champ littéraire*, Paris: Seuil, 1998]有所校订。黑体引加）

其论证逻辑是：艺术性由艺术作品决定，而艺术作品又是由具体的艺术机构决定的；再继续追溯，艺术机构关于艺术和非艺术的区分最终来自对于艺术"创造"之纯粹性的一个基本指认。简单说，这就是一个从艺术观念，到艺术作品，再到艺术体制或实践，最终又回到艺术观念的无限循环。这一循环也许解释了"审美目光"的形成史或流转史，但并未回答什么是"审美目光"的本质，甚至这样的循环还反过来确认了"审美目光"即审美性、艺术性、文学性之作为不可索解的、神秘而绝对的某种存在，它们貌似为"同一物之永恒回归"（尼采语）。由于纯粹"审美目光"之坚执其中，布尔迪厄的"文学场"便照旧包含着艺术性和非艺术性或者文学性和非文学性的二元区隔和对立，而这一点却恰恰是其"文学场"论所欲反对的：反对文学的"自主性"因而不可解释性、不可分析性（参见上书，"前言"，第1—6页）。与布尔迪厄"文学场"不同，我们的"没有文学的文学理论"则是致力克服文学审美性和非文学审美性的分离和分立，让非文学审美性作为文学审美性的一个内部要素，即在坚持文学"自主性"的同时，将非文学审美性要素纳入其中，并保证其一定的独立性。进一步明确说，在布尔迪厄，"文学性"位于"文学场"之内；在我们，"文学性"即是/等于"文学场"，不是说文学场内不包含非文学性，而是说这些非文学性存在已然构入文学性；我们认为，这才是"文学场"本该赋有的含义。我们之所以不放弃"文学场"概念，乃在于它是较"文学性"一语更能体现"文学性"之混合构成的术语。

在这一问题上彼此由来视为仇雠的唯美主义和功利主义两大阵营,如果继续对立和对峙下去,将不会对解决这一问题有任何帮助。甚至说,只要它们还能存在一天,这一问题便一天不能解决。换言之,只要如此的提问方式——"要文学性,还是要非文学性",一天没有被放弃,文学便一天不能获得其解放和独立:要么继续做唯美主义的囚徒,要么继续为功利主义的役夫。因此,"没有文学的文学理论"不仅要拆除文学性和非文学性之间的壁垒,更要消除它们二者自身的存在,唯如此,我们方才能够恢复文学之本来的和自身的存在。于是乎,原"没有文学的文学理论"之本意和要义,既非返回唯美主义,亦非固守功利主义,甚至也不是在二者之间折中调和或者拆解重组,而是要宣告此二者之死亡,以迎接和拥抱一种新的文学解释学的诞生。

二、"没有文学的文学理论"的基本主张及其依据

《没有文学的文学理论》由八篇论文构成,每篇均从不同角度阐述或涉及"没有文学的文学理论"。该书或者说该论之核心观点乃是对"唯美主义"/"文学性"理论的批判,并与之决裂和诀别。

具体言之,其一,文学理论具有不必绕道即服务于文学(文

学史、文学作品）研究而直接介入现实批判的功能，这一点已为例如法兰克福学派对社会的审美批判所证实。文学史学者和文学批评家要求文学理论研究必须能够为其解读具体文学作品和文学现象提供帮助，这当然合情合理，然而他们却将此作为文学理论的唯一任务，乃至作为判断一种文学理论之好坏的价值标准，这实际上也就是把文学理论严格地限定在文学研究诸学科间的狭小范围之内，严重束缚了文学理论的发展和对社会现实的介入。

该论之坚持文学理论的非文学性的越界使用，首先有对文学理论之来源的考虑：文学理论固然一方面是对文学经验的提炼和概括，但另一方面它也是对人类全部审美经验的提炼和概括，不必争辩，文学只是人类审美经验的一种形式；而进一步追究，无论文学经验抑或其他审美经验则都是对非文学、非审美之对象的文学（转）化和审美（转）化，在此过程中，文学理论家之非文学性、非审美性的感受、态度、观念、哲学和信仰都将将进入其理论建构。这乃是说，文学理论既有一个文学来源，又有一个非文学来源，且我们无法笼统判断究竟哪一个来源之于文学理论的形成更其重要，我们至多只能就某一具体理论（如社会学文论、文化研究学文论、马克思主义文论、现象学文论、结构主义文论、女权主义文论、后殖民主义文论等）的构成做一些表面性的因而也未必能够确定的辨认。因此，文学理论原则上就有两方面的服务对象：一是帮助读者欣赏文学作品的文学性，二是帮助读者理解文学作品的非文学性，即文学作品之外的社会现实或文化潮流。且甚至说，一种文论若是来自某一非文学领域的理论，譬如哲学、心理学、人类学、宗教学等，那么这种文论还将服务于解释其所由出的"非文学"理论或学科，在此情况下，文论既是关于文学作品的理论，也是形成和构造它的某一理论的一个有机部分。例如，精神分析文论即是精神分析理论的一个部类；同样，海德格尔的现象学文论也可以视为其哲学的一个方面。① 简言之，文学理论之所以可以做文学作品之界外的征用，乃是因为文学理论在本质上并不纯粹属于文学或"文学性"，它是复合的、多元的、多维度的、跨界别的，这可以解释何以历史上那些伟大的文学理

---

① 李春青教授注意到文学理论构成上的跨界性质，他用"中介性"概念来表示这一点："不可否认，文学理论具有中介性，它是联系文学现象与包括哲学、宗教、社会学、政治学等等理论话语之间的纽带。"这即是说，"文学理论并不完全来自于对文学现象的概括与抽象，而且它感兴趣的东西也不限于文学本身，从这个意义上说，'没有文学的文学理论'又是存在的。"（李春青：《在"文学"面前"理论"何为——略论近年来文学理论研究中的几个热点话题》，载《河北师范大学学报（哲学社会科学版）》2022年第5期，第100页）笔者认为，文学理论的中介性使得其一端连着文学作品，一端连着整个世界，而如果说这一世界也将化入文学作品的话，那么称文学理论为整个世界，乍听起来可能过于狂妄自大，但细思量也并非荒谬无理。

论家常常并不是作家诗人、文学研究者,而更可能是哲学家、社会理论家、政治领袖或来自其他非文学领域的专家学者。按之前学科史或者严格的学科史,文学理论从不只是"姓""文学",而绝无其他冠名。就 20 世纪 60 年代以来世界范围内文学理论之无所不及、包罗万象这一新态势而言,它简直就是"百家姓""姓百家",而且还在不断地创造新的姓氏。

本书之坚持文学理论有直接解释和介入现实的任务,还有与时俱进的一层原因:当代社会越来越变得消费化、符号化、审美化、情动化(情感和身体)、文化化或文本化(为第五章"消费时代的社会美学"的研究主题),这促使"社会科学"越来越需要进行一个"文化科学"的转向。文学理论可以作为一种"文化科学"而发挥其进入和干预新的"文化现实"的作用。国外"文化唯物主义"(威廉斯、汤普森等)和"文学社会学"(戈德曼、布尔迪厄等),中国的"文化诗学"(童庆炳、李春青、刘庆璋、蒋述卓等)、"文学文化学"(畅广元、李西建、易晓明等)、"文学人类学"(叶舒宪、徐新建、李永平等),等等,都强调了文学的社会功能和文化作用,而"没有文学的文学理论"则是以更加激进而刺目的形式突出了其对"纯文学性"的批判,强烈地表达了对文学之社会本质和功能的认知和吁求。

当我们这里在指明当代社会愈来愈被文化化之时,似乎我们无视于其中也许至为关键的审美化,似乎我们只是选择了一个较审美化更具涵盖范围的大词。非也,此乃是因为任何进入社会的文学性和审美性都不再是在文学作品、在艺术作品中的那种文学性和审美性,而是表现为一种文化现象,一种文化现实,它们进入了我们日常生活的肌理和日常经验的内在。[1]有了这样一个对象的变化,文学理论当然也就不能继续固守于文学小天地,而要面对混合了文学的、更广大的文化世界了。合情合理,文学理论从此不再只是关于文学的理论。它要对文化现象甚至对整个世界发言,因为整个世界已是文化的世界。

其二,本书提出,文学作品虽具有经验或生命体验的特性,但仍然是可解释、可交流的,不能以康德"自主性"理论所支持的"唯美主义"对审美特性或"文学性"的自恋和固执而拒绝与

---

[1] 参见金惠敏:《文学文化学要略——兼论文学本质主义和文化本质主义的迷误》,载《江西社会科学》2023年第4期。

世界的交流和对话。①文学经验是开放性的，民族之特殊的文学经验也是开放性的，向世界和他者开放。阐释不只是认识性的，即不是两个纯粹意识的交接和互镜，在这个意义上，声称对象之不可完全认识是有道理的，理论的强制性由此而不可避免，但文学文本和读者的关系并非完全如此，它是两个有意识的个体之间的对话，如巴赫金所说，"是提问，是祈祷"，这里因此不再以"准确性"为标准，而是追求"契入的深度"，即"这里认识的目标，

---

① 坚持文学作品的可阐释性与唯美主义之坚持艺术的自主性是针锋相对的，对此布尔迪厄有清醒的认识："一句话，人们为什么如此抗拒分析，不就是因为分析给'创造者'、给试图通过'创造性'阅读而认同于创造者的那些人，带来了弗洛伊德言及的自恋主义所遭受的最后的、也许是最严重的创伤，在哥白尼、达尔文和弗洛伊德本人的名字留下创伤之后？"（皮埃尔·布尔迪厄：《艺术的法则》，"前言"第3页。引文据法文原版有修订）这里布尔迪厄指认的是，对那些唯美主义者来说，科学的、理性的分析和阐释将是对文学自主性或其所充斥的自恋情结的最严重的伤害。但布尔迪厄本人不这样看，他表示："实际上，如同我所认为的（我自己也有这种体验），对艺术作品的产生和接受的社会条件的科学分析，远远没有简化或破坏作品，而是强化了文学经验"（同上书，"前言"第4页）。对文学作品的分析本身（即分析过程）可能会破坏对它的审美整体感或体验，但这种分析的一个目的则是能够或更好地欣赏和体验此文学作品。文学专业的学生都知道，没有教师的分析和解读，单靠天然的文学禀赋是无法进入文学作品的世界的，面对那些古典作品尤其是这样。分析不是要毁灭作品，而是以分析去复活作品。这是文学研究的一项用途。文学作品不仅可以"悦"读，也是需要"解"读的。

在于个人特性"。①换言之,作品与读者之间的关系不是**反映性的**,而是**反应性的**,而这正是"对话"的本质。鉴于此,无论我们如何强调文学的生命自在性以及审美自主性,都无法改变文学的"对话"性质,从而无法改变文学的开放性和世界性。不必说,世界性不是同质性、同一性,而是多元共生态。同质性、同一性等是认识论的推论结果,与对话本体论无关,对话的目标是建构"星丛共同体"或曰"差异共同体",其中没有霸权、压制和金字塔状的层级关系,它是"美美与共""和平共处""和而不同"。一个基本的、有目共睹的文艺事实是,优秀的文学以及艺术历来既是"个体"的,也是"集体"的;既有国别性,也有跨国性;既属于文化,也是文化间的;既是民族文学,也是世界文学。

以上两点乃是源自对文学之更基本的如下两点认识:

第一,"文学性"或"审美性"不是康德"自在之物"那样的存在,而是一种现象学以及解释学的出显过程,即是说,文本的阅读总是具体读者的具体化行为,其具体性(包括社会性、个体性和情境性等)必然进入对文本的阅读过程。文学文本在其阅读中显现并成就自身,但这不是一个"意识现象学"过程,而是

---

① 巴赫金:《论人文科学的哲学基础》,《巴赫金全集》第四卷,石家庄:河北教育出版社,1998年,第1页。

一种"具身现象学"。[1]伊瑟尔称其对"阅读行为"的研究和界定属于现象学系脉，认为"文本"只有经由阅读才能成为"作品"，但他的阅读概念只是属于纯粹意识的行为，未能考虑阅读的历史性、社会性和个体情况。[2]准确言之，文学作品或文学性的诞生，

---

[1] 有学者通过对马塞尔的解读指出："感受（feelings）中介阐释。把理解约简为理性思维意味着忽略了感觉之作为信使。"（Marja Schuster, "Hermeneutics as Embodied Existence", in: *International Journal of Qualitative Methods*, 2013, vol. 12, no. 1, p. 197）感受是经由身体的感受，因而具身解释学就将理解作为具身的理解，而非纯粹的意识活动。

[2] "文学性"不是某物，不是某一具体之物，正是在这一意义上德里达否认了文学本质即文学性的存在："没有内在的标准能够保证一个文本在本质上的'文学性'。没有确定无疑的文学本质或存在。你可以去分析一件文学作品的所有要素，但你永远碰不到文学本身。"（Jacques Derrida, *Acts of Literature*, ed. Derek Attridge, New York & London: Routledge, 1992, p. 73）而罗兰·巴特则更是用洋葱之喻彻底灭绝了寻找文学性的动念：不存在一种作为内核的文学性，而只有一层层文本的表皮，即是说，表皮下面连着表皮，而非包裹着内核。（Voir Roland Barthes, *Essais critiques IV: Le bruissement de la langue*, Paris: Seuil, 1984, p. 150）德里达和巴特这样对"文学性"的否认显然不尽符合我们的审美经验：在阅读文学作品的过程中，我们确实经历了对美的欣赏，为之而感到愉悦。而如果我们承认自己感到了愉悦，那就是说一定存在着一个使得我们感到愉悦的东西。对于"文学性"，我们感到其有，但又无法实际地捕捉到它，这乃是因为它不能归之于任何一物，而是诸物或结构内部诸元素之间的一种关系及其效果。这是从审美客体方面来说的，若考虑到此审美客体之

我们与其称之为一种意识性的"显现",毋宁说它是有现实内容掺入其中的"实现",是有"实在"永相陪伴的"显现"。如果我们像什克洛夫斯基那样将艺术的手法理解为"陌生化",即是说,是"陌生化"使得艺术之成为艺术,使文学之成为文学,那么"陌生化"的另一面则是"熟悉感"或者说日常生活感受方式,这就是说,"陌生化"先已预设了日常现实之进入艺术的感受和形成过程,而且"陌生化"始终也不能离开"熟悉感",没有"熟悉感"便没有"陌生化"。一个超现实的审美世界是一刻也不能单独存在的,"日常生活审美化"只能意味着艺术的终结,如波德里亚在媒介对现实的僭夺中所揭示的。纯粹的审美感是不存在的,纯粹的文学性就不会让我们感受到。能够认识到美不是因为我们有一双审美的眼睛,而是因为我们有一只审美的眼睛,而另一只是非审美的眼睛,两种眼睛之交错所产生的对比感让我们发现了美。套用巴赫金的术语,使用一双审美的眼睛的鉴赏是"消

效果是经由审美主体而实现,那么在审美客体之结构中一定包含着某种主体性要素,即客体结构向着主体意识显现和生成。要之,在谈论"文学性"时,应同时借助结构主义和现象学的理论洞识。只讲结构主义,作品就成了死的文本(无作者文本和互文性);而囿于现象学,则文本结构便无足轻重。于是我们看到,伊瑟尔折中性地把读者主体请入作品结构本身,也就是把现象学引入结构主义。

极的移情"，在其中审美主体因完全投身于对象而导致自身之全然灭失，而兼用审美的和非审美的眼睛，属于"积极地移情"，即在审美过程中主体永远是积极地作用于对象，"移情是我的行为"，而非无"我"的行为。①审美预设了非审美，反之亦然，即二者互为前提。人们较易承认老子在认识论逻辑上所称之美丑相生（"天下皆知美之为美，斯恶矣"），却较难发现这种认识论逻辑其实也深藏在我们晦暗的审美感觉／移情之中。

第二，文学作品本身包含着不能被审美性或文学性完全征服和整合的非文学性要素，这是文学得以与社会进行对话的主要根据。与其对复合性移情的坚持相响应，巴赫金证明"文学客体"本身即同时包含着非文学的元素，即审美对象本身亦为复合性的："这里完全不发生一种意义被另一种意义代替的情况"，而是"给事实的日常生活意义增添文学结构意义。假如事实没有日常生活意义或者在进入文学时失去了它，那么这个事实对文学来说是无用和无益的"。②同样，黑格尔也不是如我们通常所接受

---

① 参见巴赫金：《论行为哲学》，《巴赫金全集》第一卷，晓河等译，石家庄：河北教育出版社，1998年，第17–19页。
② 巴赫金：《文艺学中的形式主义方法》，《巴赫金全集》第二卷，石家庄：河北教育出版社，1998年，第315页。

（如朱光潜先生）的那种唯美主义者[1]，他曾提醒说审美对象是各有其独立性的要素的共在，而不具有那种概念的逻辑同一性："在审美对象里，以下两者必须同时出现：一是由概念所规定的各个方面相互归属的必然性，一是这各个方面的自由性，其显现出来是因为这些部分自身，而不只是为了它们出现于其中的统一体。"[2]黑格尔哲学中的"绝对理念"，多数人并不了解的是，其实也包含了未被彻底征服和整合的诸多差异。他以被他重新赋义的"理性"（Vernunft）概念取代康德的"知性"（Verstand）概念，其意即在为差异之顺利进入"理性"天地打开一条通道。黑格尔的"理性"是主观理性与客观理性的统一，而康德的"知性"则排除了世界本身、外物、他者和杂多等。简单说，黑格尔哲学所推崇的"理性"乃是"对有限和无限之同一性的意识"，在此"知识与真理"获得了统一。[3]尽管如何"统一"或怎样之"同

---

[1] 参见金惠敏：《黑格尔主张"为艺术而艺术"吗？——兼论朱光潜相关之迻疏》，载《天津社会科学》2020年第2期。

[2] G. W. F. Hegel, *Vorlesungen über die Ästhetik* I, Frankfurt a. Main: Suhrkamp, 1986, S. 156。注意：朱光潜先生译本有删节和缩略，不够准确。

[3] G. W. F. Hegel, *Jenaer kritische Schriften, Hauptwerke*, Band 1, Hamburg: Felix Meiner Verlag, 2018, S. 92.

一性"对于黑格尔体系仍旧是一个难题，但它难能可贵地暴露了"有限"去"同一"化"无限"、"知识"试图"统一""真理"的困难。在此"难题"中，我们欣幸地看到了异在或他者的力量和抵抗，"统一"和"同一"因而永远只是"在异之同"（霍尔语）。

概括言之，如上两点认识之要旨就是坚持文学和文学性在其本质（结构）和功能上的社会性／非文学性，反对文学本质主义和审美本质主义。如果不能认识到文学性和文学感本身即需要现实性和现实感的透入和相伴，那么我们就只能在唯美主义和功利主义这两种极端之间，例如在审美批评和社会批评之间，徘徊复徘徊，而永远无法接近文学和文学研究的真理。[1]

---

[1] 20世纪80年代中后期有学者呼吁文学（包括创作、批评和研究）"向内转"，但经过一段时间对文本结构的沉浸之后，学界又感到文学以其过分沉溺于自身而与社会脱节，并因而被社会边缘化，于是回归"文学社会学"的呼声近年便屡有耳闻，似乎已渐成态势。笔者以为这不是理论的进步，而是理论的简单摇摆，甚至倒退。"没有文学的文学理论"有批评形式主义"文学性"之狭隘的一面，但不是简单地要求回到社会，而是借鉴巴赫金及其他相关资源，将非文学性纳入文学性，同时保留其在文学结构中一定的独立性。

三、一句话回答：什么是"没有文学的文学理论"？

基于以上论述，可以用一句话回答什么是"没有文学的文学理论"：重新界定和声张了文学理论的社会性质，调整了文学文本内部文学性与非文学性的结构性关系，为民族文学之进入世界文学开辟了新的理论路径。

这一认识的理论创新性在于不再将文学性和非文学性作为对立的、相外位的两个极端，而是认定非文学性既外在于亦内在于文学性（文本），换言之，非文学性（社会现实和社会观念等）可以自由无碍地穿梭于文学性（文本）之内外。在"没有文学的文学理论"之中，韦勒克那个经典的文学研究之内外划分将土崩瓦解，唯美主义和文学功利主义之势不两立将涣然冰释，或者，"文学性"不再是与世隔绝的纯文学性，而是包含了众多非文学性要素的"文学场"，且正是这些非文学性要素构成了文学性之显出的必要条件。

本文属于来自作者方面的自我检讨。期待这样的检讨不会束缚读者的解读和延伸。理论从来是视角性的，既可能是盲视，也可能是洞见，而为了克服盲视，就需要其他视角的探照。真理不需要辩护，我们相信尼采这一说法，但理论则需要相互切磋和商量。

（本文发表于《兰州大学学报（社会科学版）》2024年第3期，此版稍有增删）

后记
Postscript

  本书写作时间跨度有 18 年之巨，发动于 2003 年的"非典"之末，也多么渴望其毕功是在"新冠"之末啊！本学期终于可以线下授课了，那么，这是否意味着"新冠"就算偃旗息鼓了呢？但愿如此！然则无论如何，于全球范围内来看，疫情还没有完全消退的迹象，未来还处在不确定性之中。本书在时间上"始终"与两次历史灾难相关联，使我强烈地感受到一种理论"何为""何能"的自我拷问。作为理论工作者，我们究竟能为深陷灾难的国内国际社会做些什么？我们的理论库存还能应对当前的天灾人祸吗？如果说"非典"主要是一个国内事件，那么"新冠"则是一个不折不扣的全球事件。当此全球化时代，以民族主义为核心的理论丛簇显然已经不敷使用了，我们迫切需要理论的更新。当今，"世界主义"（cosmopolitanism）是呈现在我们面前的一个选项，不说其为最佳，但似乎也没有更好的备选。这个"世界主义"，按其本义来说，既非地域主义，亦非全球主义，而是二者兼取的"球域主义"或"星丛共同体"。进一步，还必须即刻声明，所谓"世界"，所谓"共同体"，不是无差别的统一或同一，而是差异之间的沟通和链接，因而是一种相互之间的"关乎系之"。它不是实体之物，而是"之间"和"相关"的一种虚空，正是因为其虚空，虚席以待，任何相关方都可以进入，或者，进入而成相关方，与他者发生"关系"。

诚然，"没有文学的文学理论"范围上要比世界主义狭小得多，但其精髓则归属于世界主义。在文学领域内倡导"世界主义"，可称之为"文学世界主义"或"美学世界主义"。这"世界"具有两重含义，一是"国际"，二是"实际"，因而"没有文学的文学理论"，其要义或诉求乃在于"国际"和"实际"，是全球化时代的文学理论。文学作品可以作为一个"意向客体"，但此客体绝非与外界无关的孤绝客体，而是其存在本身一方面包含了来自外界的质料，另一方面更必须成就在与外部世界的关联之中。化用一下老子的名言，"天下皆知丑之为丑，斯美已"。在此，"丑"是不完美的意思。借助老子，我们要说的是：没有现实感，何来美感？！这是第一方面的道理。第二个方面的理论大约无需多说，我们早已知道，自我只有在与他者的联系中才能建构起来，这无论在认识论上抑或本体论上都是如此。

我们深知人文力量在现实面前的绵薄，但作为人文学者的职责就在于发掘道理，宣讲道理。人是要有一点"明知其不可而为之"的精神的。对于人的理性，我们还是有信心的。只要理性在，世界就不会分裂。当然，也还是要警惕那种"绝对理性"的。没有"绝对理性"，只有"应用理性"，理性总是出现于具体情境中的理性。

早已不写日记了，但没有日记，回想过去，好像是一片空白。如果这个后记对读者没有任何用处，那么于笔者本人，则是可以使自己未来记忆中的生活充实起来，鲜活起来。

背井离乡，客居成都一年有余了，谁料想多半时间是在禁足和半禁足中度过？！感谢网络时代，居西南一隅而仍与世界联通，仍有条件与学术共舞。此处未言"偏"居，是因为全球化时代或网络时代已经没有中心了，已经是"No sense of place"了。

是为后记。

金惠敏

2020 年 9 月 23 日凌晨

成都望江

增订版后记
Postscript to the Revised & Enlarged Edition

拙著《没有文学的文学理论》于2021年1月由四川大学出版社推出了第一版，幸获读者抬爱，不久即脱销，于是就筹备了第二版，也就是这个"增订版"。顾名思义，笔者在新版中修正了初版的一些技术性失误，使之更加完善。或者对于新版更有意味的是增加了两篇，它们分别是《文学性和非文学性的辩证法：以巴赫金对什克洛夫斯基的批判为中心》和《什么是"没有文学的文学理论"》。虽然总体观点没有改变，但《文学性和非文学性的辩证法：以巴赫金对什克洛夫斯基的批判为中心》一文却可能是大大增强了对于文学作品有机体内部之"非文学性"要素的确认和肯定，这种要素既为有机体的一个部分，同时也有其自身的独立存在。它们既是向心力，亦为离心力，于是形成文学文本内部的张力，"文学性"就在这一张力中诞生。《什么是"没有文学的文学理论"》一文可以理解为全书的结语，因为它以简明扼要的形式将"没有文学的文学理论"之要点胪列出来，是极方便于观览的，起"一目了然"之效。

由于新篇目的加入，原先目次做了相应调整。第一版"自序"对于各篇的简介是按照原先的顺序进行的，因为本版并未删除原版任何篇目，故不必劳神改动，它们都在那儿，读者自会找到对应的文章。再者，之所以不做改动，也是考虑为本书留下一些成长的印迹。

"没有文学的文学理论"提出于2004年，掐指算来已走过整整二十年的生命履历。在如今理论"日日新，又日新"的时代，一个观点能够持续二十年而仍然有人关注，仍然牵动着学术界的问题关切，实在令作者感到庆幸。这个新版也可以算作"二十年周年纪念版"了。除了书中已经提到了参与研究和论争的学者，最近还有王兆鹏教授、张进教授撰文讨论，这要感谢《兰州大学学报（社会科学版）》主编斯丽娟教授对此一话题的重视和慷慨赐予版面（2024年第3期）。从王兆鹏教授对于中国古代"文学"概念的展示中，我们不难看到"没有文学的文学理论"虽然有"洋"背景，但它其实是最为本土、最为中国的文学理论。这一理论一方面上承中国古代"文学"观，而另一方面更是直通在当代社会正汹涌澎湃着的文学文化化大潮，与方兴未艾的"文学文化学"

相衔接。如果此论能够介入和推动"文学文化学"的形成和发展，那不算是笔者的意外之喜。有兴趣的读者，不妨将此书与笔者新作《文学文化学：文学研究的终结》（商务印书馆2024年4月版）相对读。没有"文学"的文学是文化，而没有"文学"的文学理论是文学文化学。不消说，这里带引号的"文学"概念是一个"现代性"的发明，是被"现代性"特意"束之高阁"或圈养起来，然却美其名曰"独立自治"的"文学"。但这样的"文学"概念已经严重落伍/落寞于文学的时代巨变，即与当今社会审美泛化联袂而出的文学泛化。文学已经无处不在了。

关于本书，笔者曾应《文艺论坛》佘晔编审之邀以第三人称写过一个广告语，发表在封页上。如今纸版读者较少，故感觉有必要将这段文字抄录在这里，再做推广，以方便更多的读者观览和把握：

> 《没有文学的文学理论》是金惠敏对其2004年发表的一篇同名论文进行扩充、丰富和发展的一部专题论文集。返回世纪初年的文论历史现场，该命题当时显然是作为文化研究浪潮对文学和文学研究之冲击的一个后果：它反对文学研究的自体循环，解放文学理论的社会活力，使其直面社会，进行直接的社会批判，而非在传统上仅仅被当作文学作品解

读和研究的工具箱，换言之，文学理论从文学中来，但并非一定要回到文学中去，恰恰相反，它要参与对世界的改变。

"文学理论"何以能够不以"文学"为轴心？何以能够直击世界？其背后的理据是什么？与审美本质主义相反，该书主张任何文学作品或审美客体与其身外的社会都具有或强或弱、或深或浅的关联，从其构成看，它们从来不是一个不含杂质的结晶体，而是包含了世界上一切不可名状、不可呈现的"自在之物"，但更关键的则是，恰恰是这些不纯粹之物粗粝的、倔强的、不驯服的存在，不可或缺地构成了一种艺术的或审美的效果，简单说，所谓"文学"或所谓"审美"无非是文学和非文学、审美和非审美之间相反相成的一种张力，一种"间在"，一种对话。文学自身并不存在，我们所感受到、捕捉到的"文学"不过是一种并非单一光源的"文学灵晕"，是多种光源之对立性、矛盾性和协商性的某一时刻。因此，"文学"若谓其存在的话，那一定是"没有文学的文学"，即充满内在否定性的文学。

对于"文学性"的追寻，从来的理论家尤其是自20世纪迄今的理论家可谓殚精竭虑，得到不少洞见，但终究功亏一篑，就是没有将"非文学性"纳入"文学性"，相反，他们只是将二者作为"外部"与"内部"对立起来,殊不知,如果说文学作品就是"内部"的话,那么此"内部"亦包含了所谓"外部"的东西,于是彼"外部"便成了此"内部"的东西。这里的原因在于:如果将文学作品看作一个有机整体的话,那么它的一切构成部分都将属于"文学性"。有机的"文学性"还能拆解吗?我们还能像罗兰·巴特那样以剥洋葱的方式寻找"文学性"吗?如果不是按照有机体的概念去看待文学作品,而是依着结构主义/后结构主义互文性理论来拆解"作品",一切都变成"文本",那么即使韦勒克所看重的节奏、韵律、意象、隐喻等所谓属于文学作品本身的东西,也将是"非文学性"的。不错,文学作品一定是结构,即由各种元素构成,但不应盲视,所有的结构都是"有组织的",亦即"有机的",都是有意图的,有生命的,有功能的,否则便无以形成其结构。不过必须指出,平常所谓的"有机统一"也并非绝对的"有机统一",毋宁说"有机统一"是一种"有机的对立统一",即是说在此"文学性"的有机统一体中仍然有不和谐的、甚或桀骜不驯的"非文学性"存在,而且正是如此的"非文学性"存在于文学作品"内部"构造了"文学性"。诗人作家都知道如何巧妙地使用"非文学性"来创造"文学性"的效果,这种"非文学性"于他们的创作过程来说有时是显性的,而有时则是隐藏的。在文学作品之中,人们之所以经常难以决断一个句子是"文学性"的还是"非文学性"的（日常性的），原因即在于此。"文学性"与"非文学性"相辅相成、相反相成，任何一方都不能单独霸占"文学作品"的语义。

同样道理，纵使那未能进入作品"内部"即"之内"的"外部"，一旦我们要谈论、感受到一件文本之作为"文学性"的存在，或者说，一旦我们涉及一件作品的"文学性"或"审美性"，那么此时的"外部"也将变成"文学性"的一个部分，这是因为"文学性"乃是在对"非文学性"的对立和排斥中诞生的。这当然是一种概念的辩证法，所谓"有无相生、难易相成、长短相形"（老子语），但审美感觉之中也同样包含了这样的辩证法，因为人的感性是不同于动物的感性的，它有历史，有文化，有理性，有历史、文化和理性之积淀。在对"文学性"的感受中或在"文学性"的呈现中，所谓的"外部"对于所谓的"内部"一定发生着决定性的构造作用。没有"外部"，就没有"内部"。没有"非文学性"，就没有"文学性"。这里，"非文学性"可以骄傲地宣称："我站在文学作品的'外部'张望，却已然是打进了它的'内部'。"但就"非文学性"本身说，其成为"文学性"也有被动性的一面，它不是主动地奔赴"文学性"之堂奥，而是被"文学性"强力拽入"文学性"的共建之中。或者更准确地说，在"文学性"和"非文学性"之间，我们无法辨认出究竟哪一方主动、哪一方被动，二者均需以对方为存在前提：在"非文学性"进入"文学性"领地之前，"文学性"是不能称之为"文学性"的，因为此时"文学性"根本就不存在；而反过来说，当我们不去谈论或营造"文学性"时，"非文学性"是无从谈起的，它就是"自在之物"。

因此对于文学作品而言，所谓"内部"和"外部"之分，是就"外部"自身/自在而言的，也就是不与文学作品发生任何联系的"外部"，而这时的"外部"因为失去了与文学"内部"的相关性而不再是"外部"了。于是可以说，一旦我们面对着文学作品来谈论内外之分，那么恰恰是此时，这样的区分便毫无意义了，因为如上所述，所有的"外部"总已是"内部"，甚至还决定着"内部"的发生或成就。有机结构的文学作品不承认对"她"的内外分裂。

如果我们只是以为文学作品是一个纯净透明的客体，而拒绝承认其"内部"的"外部"元素，或者说，我们只是信奉一个纯粹的文学客体，而看不到其"内部"存在着"非文学性"元素，那么我们就不得不接受一个封闭的审美客体，这在当代理论中就是波德里亚所描绘的弃绝了一切现实内容的"拟像"，或者德里达所宣称的"文本之外无一物"，或者被阿尔都塞夸大的无所不包的"意识形态"，或者是海德格尔和伽达默尔的解释学"前见"和"传统"，更或者为维特根斯坦予以特别突显的"语言"，等等。也许我们没有必要在理论上费力去纠正这些谬悠之说、荒唐之言，仅仅从事实上看，人类为生存、为真理的斗争从未歇止过。诚然语言的地平线就是人类思维的地平线，但裸身的存在却也一直在提醒我们"语言""思维"地平线之外的世界。我们总是能够穿过"文本""拟像""意识形态"而走向现实和自我，更无论那本就无意于藏匿什么的"文学性"了——非也，文学在其本质上是敞开的、对话的，最不守旧、最不从"一"而终的，"同一性不属于文学"，因为其内部先天性地活跃着"非文学性"的异质和异动。文学允诺和鼓励对文学自身世界的突破和突围。因此，文学的政治、社会、文化等功能并非被某种外部势力强加的东西，而是它早已涵括进自身并成为其本质的东西。看起来可能显得悖谬，但细掂量又确乎如此：文学因关乎其身外之物而成就其对外部世界的重要性，并且也成就其自身的独特存在，即"文学性"。文学的每一次外出，都是一次返回，换言之，其每一次差异，都是一次重复。文学的每一次外出，都是一次返回，换言之，其每一次差异，都是一次重复，因为这样的重复是以差异的形式对自身的重复，即为自身带来某种新的东西，所以每一次重复也同时就是对自身的差异化修补。"文学性"在文学作品中进进出出，一刻不停地"内内外外"。正是在其自我与非我的往复运动中，"文学性"得以维持和发展。由此，我们是否可以在文学社会学和文学形式主义之间做一调和："文学性"是对生活世界的疏离性介入？"没有文学的文学理论"试图给以肯定性的回答。①

走笔至此，忽然觉得越写越像高头讲章，与通常后记之活泼泼的风格渐行渐远。这些复杂的东西是要在书中寻找的，当然也要在未来继续探索。

最后想表达，在学术越来越沦为小众的当下，本人能够撰写这个后记，实在有"记幸"的意味。虽不至于夸张说，此乃记述此论之"劫后余生"之幸，但对那些慷慨拿出时间来阅读此论此书的读者，无论其持一个怎样的态度，批评抑或赞同，再或批评兼赞扬，笔者都将引以为同道、知音。需要特别声明的是，即便不是所有的批评都是善意的，但我以为它们都是有益的。赞美可

---

① 正如有学者所发现，俄国形式主义诸公并没有将文学的内部和外部、文学性事实和非文学性事实、审美因素和非审美因素完全割裂开来（参见杨燕：《俄国形式主义的文学史观》，载《差异》第11辑，成都：四川大学出版社，2022年12月，第177—195页），但他们显然未如笔者这样将纯粹的外部事实作为"文学性"得以形成的逻辑条件。"非文学性"是以其纯粹的"非文学性"而成就"文学性"的，而非如什克洛夫斯基所宣称的被"文学性"加工而成为文学作品／"文学性"的有机组成部分的（参见同上，第186页）。

能让笔者却步，而批评则会激发笔者反思和积极地回应。这绝非故作大度之词，笔者真的是感谢所有的读者和业内同行！

金惠敏

初稿于成都双流川大文星花园，2024年端午节

二稿于开封西郊颐和酒店，2024年6月17日凌晨